Jessica Antonis

wurde in Leuwen/Belgien geboren und hat drei jüngere Schwestern. Ihre Leidenschaft galt schon immer dem Schreiben. Es war ihre Mutter, die sie auf die Idee brachte, ihre eigenen Erfahrungen mit der Magersucht in einem Roman aufzuarbeiten. So entstand »Hunger nach we niger«.

Jessica Antonis

Hunger
nach weniger

Roman einer Magersucht

Aus dem Niederländischen
von Verena Kiefer

UEBERREUTER

Meinen drei Schwestern Corine,
Lieselotje und Marjolein,
denen ich ziemlich lange
keine große Schwester sein konnte.

Das säurefreie und alterungsbeständige Papier EOS liefert Salzer, St. Pölten
(hergestellt aus chlorfrei gebleichtem Zellstoff aus nachhaltiger Forstwirtschaft).

ISBN 978-3-8000-5651-4
Alle Rechte vorbehalten. Das Werk darf – auch teilweise –
nur mit Genehmigung des Verlages wiedergegeben werden.
Übereinstimmungen und Ähnlichkeiten mit lebenden Personen
oder Familien sind rein zufällig und nicht beabsichtigt.
Aus dem Niederländischen von Verena Kiefer
Originaltitel: »Stille strijd«
Copyright © 1999 by Uitgeverij Clavis, Hasselt
Umschlaggestaltung von Suse Kopp – Buchgestaltung, Hamburg,
unter Verwendung eines Fotos von © Elisa Lazo de Valdez/Corbis
Copyright © der deutschsprachigen Ausgabe 2001,
2011 by Verlag Carl Ueberreuter, Wien
Druck: CPI Moravia Books GmbH
7 6 5 4 3 2 1

Ueberreuter im Internet: www.ueberreuter.at

Ich stehe allein in einem dunklen Zimmer.
Der Spiegel ist mein Licht.
Mit halb geöffneten Augen
betrachte ich den Gegenstand,
der mich zum Wahnsinn treibt.
Mühsam bewege ich meine bleischweren Beine
und stelle mich vor das Fenster der Hölle.
Ich sperre meine Augen auf.
Eine eiserne Hand greift nach meiner Kehle.
Überall bin ich.
Das Fleisch nimmt allen Raum ein.
Ich werde davon verschlungen.
Fleisch.
Fett.
Der Spiegel ist verschmiert mit Fett.
Die eiserne Hand drückt mir die geschwollene Kehle zu.
Fleischberge ersticken mich.
Hilfe!
Leblos sinkt der Magersuchtkörper nieder.

Diese Geschichte beruht auf eigenen Erfahrungen,
aber die Personen sind frei erfunden.

September

»Los, Mädchen! Aufstehen!«

Die Mutter platzte übertrieben munter ins Zimmer und zog die hellblauen Gardinen zurück.

»Auf, Anne, du auch«, rief sie und knallte die Tür wieder hinter sich zu.

Ächzend zog sich Anne die Decke über den Kopf, um sich vor dem grellen Licht der Herbstsonne und dem Lärm zu schützen, der den Beginn eines weiteren Schultags ankündigte.

Während ihre Schwester sofort aus dem Bett sprang und fast mit geschlossenen Augen ein paar Kleidungsstücke aus dem Schrank zog, döste sie noch ruhig vor sich hin.

Sie hatte gar keine Lust, ihr mollig warmes Bett zu verlassen, sie wollte ihre weichen Flanelllaken nicht gegen die kalte, harte Welt da draußen eintauschen.

Wenn sie die Wahl hätte, würde sie nie mehr zur Schule gehen. Sie würde nie mehr früh aufstehen und sie würde den ganzen Tag im Bett herumlungern; herrlich, nichts zu tun. Aber so war es in Wirklichkeit nicht. Sie konnte nicht wählen.

Mit schläfrigen Augen beobachtete sie ihre Schwester. Sie war rasend eifersüchtig auf Sofie. Obwohl sie drei Jahre jünger war, sah sie schon viel erwachsener aus und auch ihr Gesicht war viel hübscher. Anne beneidete sie um ihre Lässigkeit, die Art, wie sie durchs Leben ging und sich nichts daraus machte, was andere von ihr dachten.

Nachdem Sofie das Zimmer verlassen hatte, warf Anne seufzend ihre Decke von sich. Sie zitterte, als ihr die kalte

Luft entgegenschlug, und sie tapste schlaftrunken zur anderen Zimmerseite.

Unwillig zerrte sie die Türen ihres großen Eichenschranks auf und starrte auf den Haufen Kleidungsstücke.

Was sollte sie heute nun wieder anziehen? Sie hatte Lust auf einen Rock. Die Sonne schien und außerdem konnte sie doch nicht ständig in Jeans und Schlabberpulli rumlaufen.

Äußerst kritisch betrachtete sie jeden einzelnen Rock, den sie besaß.

Der grüne sah zwar ganz nett aus, aber die Farbe war viel zu auffällig, um ihn in der Schule zu tragen. Den gelben mit den roten Blümchen vielleicht? Ach nein, der gefiel ihr zwar, aber sie würde sich niemals damit auf die Straße trauen. Was würden ihre Freunde zu der kindischen Schleife auf der Rückseite sagen?

Sie hatte einen blauen Kordsamtrock, die Farbe war in Ordnung, aber er war viel zu kurz.

Die Länge ihres schwarzen Rocks war besser, bis gerade oberhalb der Knie, aber darin fiel ihr dicker Hintern viel zu sehr auf. Den also auch nicht …

Einen nach dem anderen nahm sie all ihre Röcke aus dem Schrank und probierte sie vor dem großen Wandspiegel an. Es war wie verhext, kein einziger schien zu passen. Sie fühlte Verzweiflung aufsteigen. Sollte es denn wirklich nichts geben, was sie tragen konnte? Mit Tränen in den Augen nahm sie den letzten Rock vom Kleiderbügel und hoffte inständig, darin gut auszusehen.

Sie musterte sich von allen Seiten. Von vorne sah es gut aus, von der Seite weniger, rechts ging auch noch gerade so, noch mal nach vorne, links und rechts drehen, mal sehen, ob der Hintern nicht allzu sichtbar war, wie stand es mit dem Bauch von der Seite, noch mal links und rechts, wie sah es denn nun wieder von vorne aus …

Plötzlich blieb sie stehen und starrte atemlos ihr Spiegelbild an. Was tat sie da? Wie kam sie bloß auf die Idee, dieser Rock würde ihr gut stehen? Sie sah schrecklich aus!

Ihr Oberkörper war ja noch in Ordnung, bis zu ihrem Magen, aber dann …

In diesem Rock fiel ihr überquellender Bauch noch mehr auf und ihr dicker Hintern war nicht zu übersehen. Außerdem sah sie jetzt erst ihre Beine, die plump wie zwei Elefantenbeine unter dem eleganten Kleidungsstück hervortraten. Diese Cellulitis schien jeden Tag schlimmer zu werden! Und ihre Knöchel, kaum zu erkennen!

Tränen liefen Anne über die Wangen und sie schleuderte das Kleidungsstück in eine Zimmerecke. Ratlos legte sie alle Röcke nebeneinander auf ihr Bett. Vielleicht konnte sie den blauen noch einmal anprobieren … oder nein, der gelbe war besser … oder doch der blaue …

»Anne! Beeil dich doch! Dein Frühstück wird kalt!«, rief ihre Mutter von unten aus der Küche.

Verdammt! Was sollte sie denn jetzt anziehen? Sie brauchte Zeit, um eine Entscheidung zu treffen. Wie sollte sie sich bloß anziehen, ohne zu wissen, wie ihr die Kleidungsstücke standen? Allein die Vorstellung, dass ihr jeder in der Schule hinterhersehen und sagen würde: »Guck dir mal an, was die trägt! Dazu hat sie doch absolut nicht die richtige Figur!« Sie durfte gar nicht daran denken. Sie würde sterben, wenn sie so etwas hören würde.

Auf einmal hatte sie genug. Es wurde ihr zu viel. Sie raffte alles zusammen und beförderte den ganzen Kram auf den Schrankboden. Sie würde ihre Jeans und den alten, verschlissenen Schlabberpulli anziehen.

Als sie in die Küche kam, hatten schon alle gefrühstückt. Ihre Mutter fütterte das Baby, Sofie wiederholte ihren Unterrichtsstoff und ihr Vater las Zeitung.

Auf ihrem Teller lag Rührei mit ein paar Stückchen Speck. Bah. Sie frühstückte nicht gern so üppig. Außerdem musste sie zusehen, dass sie ein paar Kilos verlor, dann könnte sie wenigstens mal einen Rock tragen.

Unwillig ließ sie sich auf ihren Stuhl plumpsen und nahm einen Schluck aus ihrer Kaffeetasse.

»Mama, der ist kalt!«

»Dann komm eben früher nach unten, Anne. Was um Himmels willen treibst du bloß da oben?«

»Ich ziehe mich an.«

Sofie lachte spöttisch.

»Ich ziehe mich auch an, aber in drei Minuten, nicht in dreißig.«

Sie fühlte Wut in sich aufsteigen. Was konnte sie denn dafür, dass ihr nicht alles so stand wie Sofie? War es vielleicht ihre Schuld, dass sie mit einem dicken Hintern und geschwollenen Knöcheln auf die Welt gekommen war?

Sie warf ihrer Schwester einen vernichtenden Blick zu und stach widerwillig in ihren zäh gewordenen Speck.

»Ich finde auch, dass du übertreibst. So viel Zeit brauchst du wirklich nicht.« Ihr Vater legte die Zeitung zusammen und stand auf. Während er seine Jacke anzog, fuhr er fort: »Von jetzt an bist du früher unten, damit wir gemeinsam frühstücken können, in Ordnung?«

Sie nickte und schob ihren Teller von sich. Das bisschen Appetit, das sie gerade noch gehabt hatte, war ihr jetzt auch vergangen. Wie sollte sie sich in drei Minuten anständig anziehen? Es war ungerecht. Nur weil Sofie so schnell fertig war, sollte sie das auch können. Wer war hier eigentlich die Älteste?

Wütend stand sie auf und schwang ihre Schultasche über die Schulter.

»Gehst du ohne Frühstück zur Schule?« Ihre Mutter sah sie besorgt an. »Bist du krank?«

»Ich habe keinen Hunger.«

»Wart noch einen Augenblick, ich habe deine Brote für die Mittagspause noch nicht fertig gemacht.« Sie sprang auf und nahm ein paar Brotscheiben vom Schneidebrett.

Anne seufzte und zuckte mit den Schultern.

»Lass nur. Ich kaufe mir etwas in der Kantine.«

Der Gedanke an Essen verursachte ihr Übelkeit, und noch bevor ihre Mutter etwas sagen konnte, rannte sie aus dem Haus.

So schnell sie konnte, überquerte Anne den Schulhof. Diesen Moment des Tages hasste sie.

Die meisten standen am Rand und wiederholten zum letzten Mal ihre Lektion oder sprachen über den Film, den sie am Abend zuvor gesehen hatten. Manche tauschten mitten auf dem Hof mit ihren besten Freundinnen Geheimnisse aus.

Anne war ganz allein und fühlte sich von allen Seiten angestarrt. Sie hatte immer das Gefühl, als stünde sie mit nichts weiter als einem Bikini auf einem Podium vor Tausenden von Leuten.

Obwohl ihr klar war, dass ihre Ankunft niemanden interessierte, war es, als würden alle plötzlich schweigen und mit unterdrücktem Lachen das hässliche Entlein beobachten, das da in die Schule lief.

Mit gesenktem Kopf und mit großen Schritten eilte sie zu der grünen Bank, wo sie jeden Morgen auf ihre Freundinnen wartete. Sie war immer erleichtert, wenn eine von ihnen schon da war, mit der sie reden konnte. Dann achtete sie nicht so auf die stechenden Blicke, die es nicht gab, und auf die kichernden Mädchen, die sie nicht auslachten.

Bald würde es anders sein, dachte sie. Bald würde sie nicht mehr dick, sondern schlank sein, genauso schön wie die anderen, die nicht ausgelacht wurden.

Sie war wirklich froh, dass sie keine hundert Kilo wog. Sie war einer höheren Macht dankbar, dass sie nur sehr mollig war und nicht fett wie so manch anderes Mädchen. Sie wollte wie ihre Klassenkameradinnen aussehen, mit dünnen Beinen und einem flachen Hintern. Sie wollte einmal eine Bluse in der Hose tragen können, ohne gleich wie ein Michelinmännchen auszusehen.

Genau wie die anderen wollte sie eine schmale Taille und Hände, deren Knochen man unter der dünnen Haut erkennen konnte. Sie hatte die Grübchen anstelle ihrer Knöchel mehr als satt und sehnte sich nach dem Sommer, in dem sie dann endlich nicht mehr unter ihren gegeneinanderscheuernden Oberschenkeln leiden würde.

Ja, diesmal war sie fest entschlossen, ihren Plan durchzuführen. Das Spielchen hatte lange genug gedauert. Erst eine Woche fasten, dann aus lauter Hunger Lust auf alles haben und die verlorenen Kilos innerhalb von drei Tagen wieder anfuttern.

So ging es nun seit fast drei Monaten schon und sie hatte die Nase voll.

Es musste mal ein Strich darunter gezogen werden, fand sie. Hier und heute. Ab heute würde sie wirklich alles daransetzen, um abzunehmen.

Es würde ziemlich schwierig werden, das war ihr nur zu klar. Aber was sie dafür bekam, war die Mühe wert: einen schönen, schlanken Körper und ein Leben wie alle anderen Mädchen.

»Hallo, Anne!«

Sie schrak aus ihren Gedanken auf und sah ihre beste Freundin vor sich stehen, wie immer blendend schön.

Amaryllis war in jeder Hinsicht ihr Gegenpol. Sie war alles, was Anne sich erträumte. Sie hätte wer weiß was darum gegeben, um dieselben kastanienbraunen Haare zu haben, die immer gleich schwungvoll in Wellen über Amaryllis' Schulter fielen. Neidisch war sie auf die gebräunte Haut, die honigfarbenen Wangen.

Amaryllis' schlanke Taille, ihr sinnlicher Gang und ihre braunen, mandelförmigen Augen gefielen etlichen Jungen. Ihre langen, schlanken Beine waren ein weiterer Stolz, den ihre Freundin nun schon seit siebzehn Jahren mit sich trug und die dafür sorgten, dass sie in jeder Hose, jedem Rock oder Kleid wie ein Fotomodell aussah.

Ihre Freundschaft war schon ziemlich witzig. Amaryllis, die perfekt, und Anne, die dick, hässlich und dumm war.

Ja, selbst in der Schule stand ihre Freundin an der Spitze. Sie war ein Ass in Mathematik und wissenschaftlichen Fächern, erzielte mit Leichtigkeit gute Noten in Latein und konnte schon mit vier Jahren Griechisch sprechen.

Das hatte zwar wahrscheinlich mit ihrem griechischen Vater zu tun, aber es machte sie trotzdem zu etwas Besonderem. Die Lehrer hatten sie gerne in ihren Klassen, das wusste Anne. Amaryllis war sehr gesellig, plauderte mühelos über alles mit und schien sich für jedes Fach zu interessieren. Sie war der Star der Klasse, die Schülerin, an der sich jeder ein Beispiel nehmen sollte.

Es könnte fast eine Beschreibung voller Klischees von dem schönen Mädchen ohne Fehl und Tadel sein, für alle Cover der berühmtesten Modeblätter geeignet, die Claudia Schiffer, die in allen Geschichten vorkommt. Es hätte sein können. Es hätte eine erfundene Geschichte sein können, aber ausnahmsweise gab es diese Schönheit wirklich. Und sie war Annes beste Freundin.

»Hallo. Du hast einen hübschen Rock an. Neu?«

Amaryllis schüttelte den Kopf und setzte sich neben sie auf die Bank. »Den habe ich schon seit Jahren.«

»Ich habe dich noch nie darin gesehen.«

»Bis jetzt fand ich mich ein bisschen zu dick dafür. Du hättest mal meine Hüften sehen müssen. Aber als ich mich heute Morgen auf die Waage stellte, hatte ich vier Kilo weniger! Also habe ich diesen Rock aus dem Schrank geholt.« Mit einer anmutigen Geste, als hätte sie sie vor dem Spiegel einstudiert, strich sie sich eine Locke aus der Stirn.

Ungläubig starrte Anne sie an. »Vier Kilo? In welcher Zeit?«

»Das weiß ich nicht. Das letzte Mal, als ich mich gewogen habe … das war … vor zwei Monaten ungefähr, glaube ich. Warum?«

Anne zuckte mit den Schultern. »Ich will abnehmen, aber es klappt nicht.«

Amaryllis stieß sie mit dem Ellbogen an und lachte: »Mädchen, bist du verrückt! Du bist doch nicht dick!«

»Lis, wenn du dich schon zu dick findest, muss ich ja wohl gigantisch sein. Halt mich nicht zum Narren. Sag die Wahrheit.« Sie hoffte inständig, ihre Freundin würde ihren Standpunkt beibehalten, denn die Wahrheit würde wehtun. Irgendwo tief drinnen hätte sie lieber Lügen gehört. Irgendwie würde sie ihre Freundin lieber sagen hören, sie sei schön und schlank und bezaubernd, obwohl sie es nicht würde glauben können.

»Ich sage die Wahrheit, Anne. Ich finde dich nicht dick!«

Anne seufzte, aber sie hätte wissen müssen, dass diese Äußerung zu schön war, um wahr zu sein, denn ihre Freundin fuhr fort: »Du bist wirklich nicht dick, nur mollig. Etwa wie Carmen. Sie ist nicht dick, sie ist mollig.«

Es war, als würde ihr Herz stillstehen. Die verletzenden Worte stießen gegen ihr Trommelfell und ihre Bedeutung drang vernichtend bis ins tiefste Innere ihres betäubten Kopfes durch. Jetzt wusste sie es. Ihrer besten Freundin musste sie es wohl glauben. Sie war also mollig. Einfach mollig. Was hatte sie sich darunter vorzustellen? Hier und da ein paar

Schichten Babyspeck? Oder komplett eingepackt in eine dicke Speckschicht? Was hieß das, mollig sein? Wie Carmen? Nein, wenn sie so aussah, wollte sie lieber sterben. Carmen war alles andere als mollig. Sie war dick.

Anne fand Carmen dick. Ihren Bauch, der überquoll, und ihre Fettpolster an den Hüften … Ja, genau wie bei ihr, nur ein bisschen weniger schlimm. Sie war zweifellos dicker als Carmen. Wie furchtbar musste sie dann erst aussehen? Und das nannte man dann einfach mollig? Nein, sie war fett! Dick und fett! Und ihre Freundin wusste das nur allzu gut. Amaryllis hatte sich einfach nur nicht getraut, es ihr ins Gesicht zu sagen. Verständlich, fand sie. Welche Freundin würde sagen: »Ja, ich gebe es zu. Ich finde dich ekelhaft dick.« Das hatte sie gemeint, ganz sicher. Sie hatte die harte Wahrheit nur ein bisschen geschönt. Mollig.

Plötzlich fühlte Anne, wie ihr ganz flau wurde. Sie bekam Kopfschmerzen und hatte überhaupt keine Lust mehr, in den Unterricht zu gehen. Sie hatte auf einmal zu nichts mehr Lust. Sie wollte nach Hause. Tief unter die warmen Decken, damit niemand dieses dicke Ungetüm mehr sehen konnte. Sie fühlte sich wie der Glöckner von Notre Dame, wie das Biest der Schönen, gefangen in einem Albtraum, der ewig dauern würde, wenn sie nicht schnellstens abnahm.

»Was ist los? Du bist auf einmal so bleich.«

»Ich fühle mich nicht gut, Lis. Ich glaube, ich gehe mal kurz zu der Schwester.« Sie stand auf, warf ihre Tasche über die Schulter und machte sich auf den Weg zum Büro der Krankenschwester.

Als sie sicher war, dass Amaryllis sie nicht mehr sehen konnte, schlüpfte sie durch einen der Personalausgänge aus der Schule.

Als könnte sie so vor der Wahrheit fliehen, fing Anne an zu laufen. Sie war schon bald erschöpft, aber weil die Worte ihrer Freundin sie weiterhin verfolgten, lief sie immer schneller.

Es sollte noch Monate dauern, bevor sie mit dem Rennen und ihrer Flucht vor der Wirklichkeit aufhören würde.

Oktober

»Verdammte Mathematik!« Sie klappte das Heft zu und ließ sich hintenüber auf ihr Bett fallen. Sie schaffte es nie, die Definitionen auswendig zu lernen.

In den letzten drei Wochen, seit sie mit ihrer Diät begonnen hatte, schien sie sich noch weniger als früher konzentrieren zu können. Sie versuchte wirklich ihr Bestes zu tun, um so wenig wie möglich zu essen, aber dann lief sie den ganzen Tag lang mit nagendem Hunger herum und dachte ständig an Essen.

Zwischen der Konjugation französischer Verben und algebraischen Vergleichen schlüpften herrlich duftende Croissants und üppig mit Zucker bestreute Krapfen in ihren Kopf. Während sie in der Klasse eine Arbeit schrieb, schweiften ihre Gedanken zu allen möglichen Gerichten.

Es war seltsam und sie begriff es nicht. Je weniger sie an Essen denken wollte, desto häufiger tanzten Schokoladenriegel und Likörpralinen vor ihren Augen. Je mehr sie sich anstrengte, Mahlzeiten zu vergessen, um keinen Hunger mehr zu verspüren, desto öfter empfand sie den nagenden Schmerz. Sie wünschte, sie könnte das Thema »Essen« einfach aus ihrem Leben streichen. Es brachte ihr nur Elend, dieses Essen. Jetzt, da sie endlich begriff, dass es ihr Feind war, schien es ihr nicht zu gelingen, Abstand davon zu nehmen.

In der ersten Zeit schlief sie viel. Sie versuchte früh schlafen zu gehen und spät aufzustehen. So überbrückte sie schon ein Stück des Tages, den sie sowieso hungrig verbringen musste.

Wenn sie schlief, dachte sie nicht an Essen und fühlte ihren schmerzenden Magen nicht protestieren. Es war auch eigentlich ein Schutz vor sich selbst. Sie hatte Angst, so heftigen Hunger zu kriegen, dass sie doch noch alles Mögliche essen würde.

Wenn sie erst einmal in ihrem Bett lag, war sie sicher.

Nur beim Fernsehen bekam sie manchmal Lust, noch etwas zu naschen, und wenn sie dann nicht die Kraft hatte, »Nein« zu sagen, würde das katastrophale Folgen mit sich bringen.

Daher schien es ihr vernünftiger, sich gegen ihre eigenen Gelüste zu wappnen. Es war eine Art Vorsorgemaßnahme, dass sie sich fast unmittelbar nach dem Abendessen in ihrem Zimmer einschloss. Am Anfang hatte das auch funktioniert. Aber jetzt war Schlafen auch keine Möglichkeit mehr, um zu entkommen. Sie träumte nun jede Nacht von Festessen.

Es gab Nächte, in denen sie weinend aufwachte, weil sie sich so sehr danach sehnte, leckere Sachen zu essen, es aber selbst in ihren Träumen nicht mehr gekonnt hatte. Es gab auch Nächte, da schreckte sie voller Angst auf, nachdem sie im Traum zu viel gegessen hatte.

Albträume waren es. Jedes Mal befand sie sich in einem großen Saal mit einem langen Tisch, auf dem alle möglichen Gerichte standen. Sie wollte nicht davon essen, aber es war, als zöge sie eine unwiderstehliche Macht zum Tisch.

Die frisch gebackenen Kuchen, das getoastete Brot, die knusprigen Kaffeekekse … die Versuchung wurde zu groß und sie fing an von allem zu essen. Dann kam der Höhepunkt des Traums: der himmlische Moment, in dem sie für kurze Zeit all die guten Dinge, all die verbotene Nahrung essen konnte. Der sehr kurze Augenblick, in dem sie alle süßen Dinge genießen konnte.

Aber dann wurde ihr bewusst, was sie da tat, und die Angst, die sie dann befiel, war wirklich unbeschreiblich. Voller Abscheu überlegte sie, wie viele Kalorien sie zu sich genommen hatte, und eine panische Angst ergriff sie, wenn sie daran dachte, was die Waage nun anzeigen würde.

Mitten in diesem Angstkampf schreckte sie jedes Mal in Schweiß gebadet auf. Um sich zu vergewissern, dass es nur ein Traum gewesen war, stellte sie sich immer schnell auf die Waage und es war ein herrliches Gefühl, zu sehen, dass sie nicht mehr wog als am Abend zuvor.

»Anne, hilfst du mir beim Kochen?« Ihre Mutter riss sie aus ihren Gedanken. Seufzend erhob sie sich, und während sie am Spiegel vorbeiging, kniff sie die Augen zu. Heute konnte sie wirklich keine Konfrontation mit ihrem plumpen Körper ertragen.

»Was soll ich machen?« Sie betrat die Küche und spürte, wie ihr leerer Magen auf die herrlichen Gerüche reagierte.

Ihre Mutter zeigte auf die große Fleischpfanne, in der vier große Scheiben Bauchspeck in siedendem Fett eingetaucht waren. Anne fühlte Verzweiflung in sich aufsteigen. Wie konnte sie abnehmen, wenn ihre Mutter immer so fett kochte? Wie um Himmels willen sollte sie es schaffen, zehn Kilo abzunehmen, wenn sie so ungesund essen musste?

»Mama, muss da wirklich so viel Butter dran?«

»Ja, das Fleisch muss gut braten können.«

»So viel Fett ist ungesund!«

»Ich koche schon seit zwanzig Jahren so, Anne. Noch nie ist jemand daran gestorben.« Sie lachte, und während sie die Kartoffeln vom Feuer nahm, verkündete sie munter: »Oma Nel hat gerade angerufen. Sie ist sehr einsam, weißt du. Gerade jetzt, wo Paul im Ausland ist ...«

»Mama, Opa ist kaum vier Tage weg!«, unterbrach Anne sie.

»Und trotzdem ist sie einsam.« Sie warf ihrer Tochter einen entschlossenen Blick zu und fuhr fort: »Darum habe ich gesagt, dass du nach dem Essen noch kurz bei ihr vorbeischaust.«

Anne presste ihre Lippen aufeinander und fühlte, wie ihre Beine erschlafften. Da haben wir es wieder, dachte sie. Ihre Meinung zählte mal wieder überhaupt nicht.

»Mama, ich kann heute Abend nicht! Ich muss für Mathe lernen!«

Ihre Mutter ignorierte Annes vernichtenden Blick und grinste. »Du hast bestimmt ein bisschen Zeit. Nur kurz und dann ist die alte Frau glücklich.«

Annes Wut wuchs. Sie hasste es, wenn sich ihre Mutter so benahm. In solchen Augenblicken hatte sie das Gefühl, gegen eine Wand zu reden. »Ich will nicht gehen, Mama.«

»Ja, aber Anne, tu mir das doch jetzt nicht an. Ich habe nun schon gesagt, dass du kommst. Ich werde sie nicht wieder anrufen, hörst du?«

»Aber meine Hausaufgaben …« Verzweifelt versuchte sie ihren Standpunkt zu verteidigen, obwohl sie schon wusste, wie es enden würde: Sie würde ihrer Mutter gehorchen.

Ihre Mutter seufzte und sah sie mit einem traurigen Blick an, als würde sie jeden Moment anfangen zu weinen. »Woher konnte ich denn wissen, dass du viel zu tun hast? Ich bin auch nur ein Mensch. Hasst du mich jetzt deswegen?«

»Mama! Ich hasse dich doch nicht!« Das war wieder einer von diesen Tricks ihrer Mutter, um ihr ein Schuldgefühl zu vermitteln, und sie würde sich wieder davon einfangen lassen. »Ich kann wirklich nicht gehen, Mama. Und ich habe auch gar keine Lust dazu.«

Ihrer Mutter winkte mit der Hand ab, um zu zeigen, dass

sie genug geredet hatte. Sie sah Anne starr an und sagte: »Sie erwartet dich gegen sieben und ich bin sicher, dass es dir gefallen wird.«

Als wäre damit die ganze Angelegenheit erledigt, ging sie zu ihrer Tochter und drückte ihr einen Kuss auf die Stirn. »Du bist so ein liebes Mädchen, ein richtiger Schatz.«

Noch bevor Anne etwas erwidern konnte, eilte ihre Mutter aus der Küche. Anne lehnte sich niedergeschlagen gegen die Anrichte. Am liebsten hätte sie ihre Mutter erschlagen, ihr gesagt, dass sie nicht gehen würde, wenn sie nicht wollte. Sie wollte sie mal kräftig durchschütteln und schreien, dass sie sehr gut selbst entscheiden konnte, ob sie alte Leute besuchte oder nicht. Tief drinnen hatte sie das Gefühl, sie würde gleich explodieren. Warum hörte ihre Mutter ihr nicht ein einziges Mal zu? Warum beschloss sie immer alles, ohne sie vorher zu fragen, ob sie es auch wollte?

Sie ballte die Fäuste. Wenn sie mehr Mut hätte, würde sie den ganzen Kram kurz und klein schlagen. In Gedanken hatte sie schon unzählige Sätze parat, die sie ihrer Mutter sagen, zuschreien würde. Sie sah die Schimpfwörter förmlich vor sich, sie wusste schon ganz genau, wie sie für sich eintreten würde. Es wurde höchste Zeit, dass ihre Mutter sie um ihre Meinung fragte, bevor sie irgendwelche Verabredungen für sie traf! Wenn sie nicht zur Oma gehen wollte, dann ging sie eben nicht, Punkt, aus, basta!

Ihre Mutter kam wieder in die Küche und sie spürte, dass sie zum Kampf bereit war, aber die Worte kamen nicht weiter als bis zu ihrer zugeschnürten Kehle. Sie konnte es einfach nicht. Es war unmöglich, zu sagen, was sie dachte, was sie fühlte. Was machte es auch schon aus? Wen interessierte es denn, was sie dachte? Nein, sie würde nicht wie ein hysterischer Brüllaffe toben, sie würde schweigen. Sie würde alle in dem Glauben lassen, dass es ihr nichts ausmache. Wenn sie sowieso kein Interesse an ihrer Meinung hatten, würde sie eben alles für sich behalten. Dann mussten die Leute erraten, was in ihrem Kopf vorging.

Sie nahm ihren Pullover vom Stuhl und griff nach dem Schlüssel vom Schuppen.

»Wo gehst du hin?«

Ohne ihre Mutter anzusehen, murmelte sie: »Zu Oma.«

»Gehst du nicht nach dem Essen? Es ist gleich fertig.«

Vergiss es, dachte sie. Ihre Mutter konnte ihr den Buckel runterrutschen mit ihrem Essen. Im Augenblick brauchte sie nichts mehr von ihr. Sie wusste genau, wie sehr sie auf ein gemeinsames Abendessen hielt, welche Mühe sie sich gab, eine perfekte Mahlzeit mit frisch gekochter Suppe und selbst gemachtem Pudding oder Kuchen als Dessert zu servieren. Anne wusste, wie schlimm es für ihre Mutter war, wenn dann ein Familienmitglied nicht mit am Tisch saß.

Sie schüttelte den Kopf. »Nein, ich habe keinen Hunger. Ich esse bei Oma noch was.« Als sie den enttäuschten Blick in den Augen ihrer Mutter sah, war sie zufrieden. Jetzt waren sie zumindest quitt. Nun war niemand glücklich, jetzt war auch ihr Abend verdorben. Und sie hatte nicht einmal dafür lügen müssen, denn das zerreißende Hungergefühl von eben war inzwischen sowieso Wut und Ärger gewichen. Sie war übrigens auf Diät, da passte es gerade gut, dass sie eine Mahlzeit auslassen konnte.

Mit einem lauten Knall schmiss sie die Tür hinter sich zu.

»Deine Mutter sagte, du kommst mich so gerne besuchen.« Anne lächelte gekünstelt und ließ sich auf einen der klapprigen Küchenholzstühle fallen.

Ihre Mutter wusste genau, dass sie es nicht ausstehen konnte, ihre Großmutter zu besuchen. Sie hasste das Altweibergespräch beim dünnen Tee aus Porzellantassen und den selbst gebackenen Keksen, die schmeckten, als wären sie genauso alt wie Oma.

Ihre Mutter wusste, dass ihr schlecht wurde von den immer selben Fragen, die man ihr stellte, den Predigten über gute Mitarbeit in der Schule und dass sie mit dem Heiraten noch warten solle.

Sie hasste den typischen Geruch von Omas muffigem, feuchtem Haus und sie hatte die ausgestopften Vögel auf dem Kühlschrank gründlich satt.

»Du siehst nicht so richtig glücklich aus, Anneke. Geht es dir nicht gut, Kind?« Die alte Frau strich ihr besorgt über den Kopf und fühlte, ob sie Fieber hatte.

»Es ist nichts, Oma. Mach dir keine Sorgen.« Trotz ihrer schlechten Laune musste sie lächeln. Sie musste zugeben, dass sie die alte Frau liebte wie niemanden sonst. Es gab Dinge, die konnte sie mit ihr wesentlich besser besprechen als mit ihrer Mutter. Oma Nel hatte mehr Zeit, um ihren Geschichten zuzuhören. Bei ihr jammerte nicht ständig ein zweijähriges Kind um eine neue Windel, bei ihr brauchten nicht immerzu Fruchtbreie und Gemüsesäftchen für das Baby zubereitet werden, Oma war nicht unablässig beschäftigt. Oma konnte sich ab und zu einfach Zeit nehmen, sich hinsetzen, ihre Hände falten und zuhören. Ihr zuhören, was sie von der Welt hielt.

»Wie läuft es in der Schule, Liebes?« Sie schenkte zwei Tassen Tee ein und rückte die kleine Brille auf ihrer Nase wieder gerade.

Anne zuckte gelangweilt mit den Schultern. Warum stellten alte Leute jede Woche dieselben Fragen? Sie hatte gute Lust, sie anzuschnauzen, dass die elfte Klasse immer noch so schwierig war wie letzte Woche, aber ihr wurde noch rechtzeitig klar, dass ihre Großmutter nur versuchte nett zu sein. Es wäre nicht gerecht, wenn sie ihre Wut an ihr ausließe.

»In der Schule läuft es ganz gut.« Anne trank einen Schluck

Tee und warf heimlich einen Blick auf die alte Wanduhr. Noch fünfzig Minuten, dachte sie. Eine Stunde würde wohl reichen. Worüber sollte sie in Gottes Namen eine ganze Stunde schwatzen?

Plötzlich sprang Oma Nel auf. Ihre Augen glitzerten wie die eines kleinen Kindes, das ein Geschenk bekommt. Sie lachte geheimnisvoll und kniff Anne in die Wange.

»Ich habe noch etwas Gutes für dich im Keller stehen!« Sie lief aus dem Zimmer und ließ eine ächzende Anne zurück. Oma hatte bestimmt wieder eine ihrer himmlischen Torten gebacken! Es würde schwierig werden, kein zweites Stück zu nehmen. Sie dürfte eigentlich überhaupt nichts davon essen. So viele Kalorien! Sie war jetzt schon drei Wochen gut dabei und das konnte sie sich doch jetzt nicht durch ein Stück Torte verderben! Noch nie zuvor hatte sie es geschafft, so schnell drei Kilo abzunehmen, und es war Jahre her, dass sie mal weniger als sechzig Kilo gewogen hatte. Und jetzt sollte die Torte alles wieder zunichtemachen! Andererseits hatte sie den ganzen Tag über noch nichts gegessen, also würde ein einziges Stück wohl gehen … Wenn sie dann morgen wieder nichts aß, würde ihr Gewicht vielleicht nicht katastrophal in die Höhe schnellen.

Oma Nel kam wieder in die Küche, mit einer großen Platte, auf der tatsächlich eine herrliche Torte thronte. Sie stellte sie vor Anne auf den Tisch und nahm ein Messer aus der Schublade. »Ein Stückchen?«

Mmhh, ja. Hinreißend süßer Kuchen mit frischen, saftigen Früchten. Wie gerne würde sie ihre Zähne in den hellbraunen Teig graben, der an den Seiten mit perlweißer Glasur bestrichen war!

Sie könnte einen Mord begehen, um von dem süßen Vanillepudding probieren zu können, der reichlich mit Puderzucker und Schokoladensplittern bestreut war. Die Sahnetupfer ließen ihre Augen vor Verlangen hervortreten und der herrliche Duft verursachte ihr Magenschmerzen.

Wie konnte sie einer solchen Torte widerstehen? Sie wollte ein großes Stück davon, mit vielen süßen Erdbeeren und einem dicken Sahnetupfer. Die Schokolade würde sie langsam auf ihrer Zunge schmelzen lassen und den Pudding würde sie langsam löffeln, um ihn so lange wie möglich zu genießen. Sie konnte die himmlische Glasur schon zwischen ihren Zähnen knirschen hören und der Geruch ofenfrischen Teigs drang ihr in die Nase. Es war wirklich unmöglich, das auszuschlagen.

»Nein danke.« Sie zwang sich in eine andere Richtung zu schauen, weg von der Torte.

Oma Nel runzelte die Stirn. »Wirklich nicht? Dann ein kleines Stück?«

»Nein, ich habe gerade gegessen. Stell sie ruhig wieder in den Keller.«

Sie wollte den Feind so schnell wie möglich aus ihrer Nähe haben.

Ihre Großmutter zuckte mit den Schultern und lachte. »Ein kleines Stückchen passt da schon noch rein. Als Dessert.«

Annes Geduld war allmählich zu Ende. Warum quengelte sie jetzt so weiter? Weshalb konnte sie nicht einfach die Torte nehmen und verschwinden? Wenn Oma doch nur begreifen würde, wie sie im Moment mit sich kämpfte! Wunschträume. Niemand verstand, wie es war.

Einerseits wollte sie wirklich ein Stück Torte, aber andererseits wurde es ihr verboten. Es durfte nicht sein, weil sie fett werden würde, noch dicker, als sie jetzt schon war.

Der Kampf zerriss sie fast, und je länger sie versuchte dem Essen zu widerstehen, desto größer wurde der Drang, ein Stück zu nehmen. Gleich würde ihr Körper nicht mehr auf ihren Geist hören: Ihr Kopf würde »Ja« nicken, ihre Hände würden ein Stück nehmen, ihre Kehle würde schlucken, während ihr Geist befal zu stoppen und nicht zu essen.

»Oma, ich will wirklich nichts davon.« In Gedanken flehte sie sie an, die Torte wegzubringen, denn sie fühlte, dass sie nicht länger die Kraft hatte, noch viel Widerstand zu leisten.

Jetzt nachzugeben würde ihren Tod bedeuten! Sie würde Selbstmord begehen, wenn die Kilos morgen wieder drauf wären. Wenn Oma dieses süße Zeug bloß schnell wegbringen würde, weit weg. Damit sie nie mehr davon essen könnte. Damit sie nie wieder dick werden könnte.

Anne starrte in die Dunkelheit. Sie konnte Sofies schweren Atem hören. Sie selbst konnte nicht einschlafen. Sie lag schon seit Stunden wach und tat nichts anderes, als sich hin und her zu werfen.

Den ganzen Tag lang hatte sie sich schon schlecht gefühlt und am liebsten wäre sie einfach gestorben.

Es hatte bereits am Morgen angefangen, als sich herausstellte, dass sie ein halbes Kilo zugenommen hatte. Sie verstand es nicht. Niemand würde bezweifeln, dass sie wenig gegessen hatte. Den ganzen Tag über hatte sie Hunger gehabt und abends hatte sie eine normale Portion Fritten gegessen. Andere aßen doch mehr, oder? Und dadurch kam ein halbes Kilo dazu?

Sie fühlte sich fies und fett. Wenn sie sich selbst anfassen musste, zitterte sie. Das machte das An- und Ausziehen zu einer schrecklichen Erfahrung.

Überall fühlte sie es schwabbeln und bei jedem Schritt hatte sie das Gefühl, die Erde dröhnte. In keinem Kleidungsstück fühlte sie sich wohl, und egal wie sie sich aufs Sofa oder auf einen Stuhl setzte, sie spürte immerzu ihre dicken Speckschichten wie Gummiringe über ihren Gürtel hängen.

Die Schwimmstunde heute war eine richtige Quälerei gewesen, denn ständig hatte sie sich mit Amaryllis verglichen. Davon wurde sie nur noch depressiver, und als ihre superschlanken Freundinnen erklärten, sie müssten auf Diät gehen, fühlte sie sich erst richtig dick. Jede Minute des Tages hatte sie sich inständig nach ihrem Bett gesehnt, eine weiche und warme Masse, in der man versinken konnte. Jetzt, da sie endlich darin lag, zählte sie die Stunden bis zum Morgen.

Sie dachte an Alex. Würde es jemals etwas zwischen ihnen werden? Auf keinen Fall, wenn sie weiter so zunahm! Heute Mittag hatte er sie für einen Moment angelacht …

Ach, sie wusste nur zu gut, dass er nicht in sie verliebt war. Wie konnte sich jemals jemand in so ein Ungetüm verlieben? Niemand wollte eine dicke, fette Freundin!

Nein, sie würde sich ranhalten mit dem Abnehmen und vielleicht würde er sie dann lieben, wenn sie kein fettes Kalb mehr war.

Warum konnte sie nicht so sein wie die anderen? Warum musste sie eine von den wenigen sein, die mit einem plumpen und molligen Körper geboren wurden? Bestrafte man sie für etwas? Hatte sie in einem vorigen Leben vielleicht etwas Schlechtes getan und musste nun dafür büßen? Durfte sie denn nicht auch so schön und schlank sein wie die anderen?

Sie würde darum kämpfen. Sie hatte ein Recht auf einen anmutigen Körper und es wurde Zeit, dass sie den einforderte.

Während des Biologieunterrichts hatte sie mit einer wissenschaftlichen Formel ihr Idealgewicht ausgerechnet. Weil sie ziemlich klein war, 1,63 m, sollte sie dreiundfünfzig Kilo wiegen dürfen. Sie hatte noch einen langen Leidensweg vor sich. Bei dreiundfünfzig würde sie noch nicht stoppen, denn welcher Filmstar, welches Fotomodell wog schon mehr als fünfzig?

Nein, ihr Ziel waren siebenundvierzig Kilo. Dann würde sie wieder essen. Zumindest wenn sie dann dünn genug wäre. So wie es jetzt voranging, sah es nicht gut aus. Sie hatte inzwischen schon fast vier Kilo verloren, aber sie konnte keinerlei Unterschied zum vergangenen Monat erkennen. Im Gegenteil. Es kam ihr so vor, als würde sie jeden Tag dicker.

Manchmal stand sie morgens mit der festen Überzeugung auf, dass sie zugenommen hatte, weil ihr Bauch so geschwollen wirkte und ihre Handgelenke so fleischig. Aber wenn sie dann zitternd auf die Waage stieg, stellte sie fest, dass mehr als ein halbes Kilo weg war. An anderen Tagen war es haargenau umgekehrt. Dann war sie stolz darauf, dass es ihr gelungen war, so wenig zu essen, und aus ihrem flachen Bauch konnte sie schließen, dass sie wieder abgenommen hatte. Wenn sie auf der Waage etwas anderes zu sehen bekam, dann war ihr der Tag verdorben. Wie heute Morgen.

Heute hatte sie doch ihr Bestes getan, fand sie. Es war ihr gelungen, nicht zu frühstücken, und das ohne allzu viel Konflikte.

Meistens bestand ihr Vater darauf, dass sie wenigstens ein Butterbrot aß, so war es immer schon gewesen. Nur wenn sie krank war, brauchte sie nicht zu essen.

Das kam durch seine Jugend, in der er jahrelang sehr armselig hatte leben müssen. Als Kind hatte er Hunger gelitten und nun wollte er sie, als fürsorglicher Vater, so gut wie möglich ernähren.

Ihre Mutter war anders. Sie machte keine Szenen, sie setzte nur einen traurigen Blick auf, weil ihre Kochkunst nicht gewürdigt wurde.

Bis jetzt hatte es jeden Morgen Streit gegeben, weil sie ohne Frühstück in die Schule ging, aber heute war es anders gelaufen. Wie üblich hatte sie nur eine Tasse Kaffee getrunken und diesmal reagierte ihr Vater nicht. Später sagte ihre Mutter: »Dein Vater glaubt, er hätte etwas falsch gemacht, weil du nicht mehr mit ihm frühstücken willst.«

Anne hatte gelacht und erklärt, dass sie in der letzten Zeit bloß weniger Hunger hätte. Ihre Mutter begnügte sich mit dieser Antwort und gab auch keinen Kommentar ab, als sie sich weigerte, etwas fürs Mittagessen mitzunehmen.

Abends hatte sie selbstverständlich wieder keinen Hunger, und nach einer kleinen Kartoffel, einem Löffel Grünkohl und einer Frikadelle war sie stolz auf sich. Dieser Stolz veränderte sich aber dann in Wut und Abscheu, als sie es nicht schaffte, die Finger vom Dessert zu lassen. Die Schokoladenmousse hatte zu verführerisch ausgesehen, und nachdem sie erst einmal probiert hatte, konnte sie nicht mehr aufhören. Sie war wieder zu schwach gewesen. Ihr innerer Schweinehund hatte sie wieder besiegt.

Wenn sie mit ihrer Diät Erfolg haben wollte, musste sie Charakter haben, Widerstand leisten, sich durchsetzen. Das wusste sie nur zu gut. Sie musste einen harten Kampf führen, mit der Nahrung, den Menschen um sich herum, aber vor allem mit sich selbst. Dieser Kampf würde noch eine Ewigkeit weitergehen. Das Kämpfen kostete viel Kraft und sie wurde schon müde. Dennoch würde sie nicht aufgeben. Sie würde bis zum bitteren Ende weitermachen.

Bloß dass niemand ahnen konnte, wie weit dieses Ende noch entfernt war.

»Hallo, Sofie! Wo ist Mama?« Anne kam in die Küche, wo ihre Schwester am Tisch saß.

»Sie badet. Heute Abend kocht sie nicht. Wir essen auswärts. Beim Chinesen!«

»Klasse! Wie war dein Tag?«

»Gut. Und deiner?«

»Fantastisch!« Sie meinte es auch so. Ihr war schlecht vor Hunger, aber sie hatte es geschafft, den ganzen Tag über jegliche Nahrung zu meiden. Sie fühlte sich ausgesprochen stark und war ungeheuer stolz auf sich. Morgen würde sie wieder abgenommen haben.

Eigentlich hatte sie sich eine Belohnung verdient, fand sie. Als Sofie die Küche verlassen hatte, ging sie zum Kühlschrank und nahm ein Stück Torte heraus, das am Tag zuvor übrig geblieben war. Die Schlagsahnetürmchen auf den goldgelben Pfirsichen ließen ihr das Wasser im Mund zusammenlaufen, und wie ein Löwe, der seine Beute verschlingt, schob sie sich das Stück fast komplett in den Mund. Herrlich. Beim nächsten Bissen konnte sie es schon weniger genießen, denn der Gedanke an Zucker und Fett geisterte ihr durch den Kopf. Aber von einem Stückchen würde sie doch nicht zunehmen, oder doch? Sie hoffte inständig, dass dem nicht so war. Sie durfte gar nicht daran denken, dass die Mühe eines ganzen Tages umsonst gewesen sein sollte.

Als sie den letzten Bissen hinuntergeschluckt hatte, starrte sie verwirrt auf ihre leeren Hände. Ihr Magen war mit Torte gefüllt, aber der Riesenhunger war nicht verschwunden.

Bedrückt schlurfte sie ins Wohnzimmer, wo das Radio leise spielte. Tschaikowski, ihr Lieblingskomponist.

Sie plumpste aufs Sofa und starrte vor sich hin. Verdammt! Weshalb hatte sie die Torte aufgegessen? Ihr Magen fühlte sich jetzt schon ganz geschwollen an und gleich sollte sie noch mehr essen! Sie konnte schon fühlen, wie ihre Oberschenkel anschwollen, und ihre Finger wirkten dicker als eben. Was war sie nur für ein Versager? Konnte sie einfach gar nichts richtig durchziehen?

Das Einzige, was sie tun musste, war wenig zu essen, und selbst das schaffte sie nicht.

Wie war es nur möglich, dass sie sich immer wieder von

ihrer Lust auf Süßes einfangen ließ und diesem teuflischen Hungergefühl nachgab?

Tränen stiegen ihr in die Augen und die Beine wurden ihr weich. Sie hatte es wieder verpfuscht. Alles war vergebens. Morgen früh würden wieder sechzig Kilo auf der Waage stehen.

Nein, dann wollte sie lieber sterben. Das wäre vielleicht eine gute Lösung. Auf diese Weise brauchte sie sich nicht länger Sorgen über ihr Gewicht zu machen. Sie würde zwar als Fettsack sterben, das schon, aber wenigstens wüsste sie es dann nicht mehr.

»Anne, bist du fertig, wir wollen los!« Ihre Mutter kam ins Zimmer und riss sie aus ihren Gedanken.

Nein, sie war nicht fertig. Sie würde nie fertig sein, um essen zu gehen. Sie durfte nicht mehr essen, nie mehr. Es musste einfach mal vorbei sein, dieses Fressen.

Für heute hatte sie mehr als genug gehabt. Sie hatte sogar genug für ihr ganzes Leben. An Fettreserven mangelte es ihr doch sowieso nicht. Sie war ein einziger großer Haufen schwabbelige Fettreserve. Sie konnte sehr gut ein paar Wochen, vielleicht sogar Monate ohne Nahrung auskommen. Es kam ihr sogar wie eine Herausforderung vor. Wer weiß, vielleicht konnte sie es ja länger aushalten als die Fakire.

»Nein, Mama. Ich fühle mich nicht wohl. Ich glaube, ich habe Grippe, ich gehe nicht mit.« Hoffentlich wirkte sie überzeugend.

Ihre Mutter fühlte ihre Stirn und zuckte mit den Schultern. »Kein Fieber. Du kannst ruhig mitgehen.«

»Nein!!!« Es klang wie ein Angstschrei. »Ich habe Kopfschmerzen und mein Magen tut weh. Ich kann wirklich nicht mit. Lass mich bitte zu Hause bleiben.« Verzweifelter konnte diese Bitte nicht sein.

»Also gut dann. Aber geh früh ins Bett. Du siehst müde aus.«

Anne nickte und seufzte erleichtert. Ihr Leben war gerettet. Vielleicht würde doch noch alles gut werden. Wenn sie heute nun wirklich nichts mehr essen würde, könnte es mit ihrem Gewicht halb so schlimm werden.

Den Selbstmord würde sie noch mal vergessen, in den Hintergrund schieben. Außerdem wollte sie eigentlich gar nicht sterben. Sie fände es schrecklich, Alex zurückzulassen. Mal angenommen, er mochte sie doch ein ganz kleines bisschen, dann wäre sie umsonst gestorben.

Ach, das war absurd. Er gehörte nicht zu denjenigen, die auf hässliche Mädchen standen, egal wie nett sie waren. Um sein Herz zu erobern, musste man groß, schlank, blond und bildhübsch sein. Nur Doppelgängerinnen von Claudia Schiffer hatten bei ihm eine Chance. Cindy Crawfords vielleicht auch noch, aber bestimmt keine Kälber wie sie, ganz sicher keine Annes.

Es würde ihr wahrscheinlich nie gelingen, ihn zu erobern. Egal wie sehr sie abnehmen würde, sie bliebe doch immer gleich hässlich. Ihre braunen Haare würden nicht heller werden, ihre Beine nicht länger und ihre Segelohren würden nie schrumpfen. Wie sehr sie auch abnähme, sie würde nie das Mädchen werden, das sie sein wollte.

Amaryllis warf ihre langen Haare über die Schulter nach hinten und sah ihre Freundin forschend an. »Du kannst es mir wirklich erzählen, Anne.«

»Das weiß ich.« Sie lächelte gequält, denn am liebsten wäre sie in Tränen ausgebrochen.

»Geht es um einen Jungen?«

Sie schüttelte energisch den Kopf und biss sich nervös auf die Lippen. Könnte sie ihr die Wahrheit erzählen, dass sie nie mehr essen wollte? Konnte sie Amaryllis gestehen, dass sie auf deren schönen schlanken Körper höllisch eifersüchtig war?

»Ich fühle mich einfach viel zu dick.« Sie musste doch etwas sagen, um dieses unangenehme Schweigen zu brechen.

Amaryllis lachte und klopfte ihr auf die Schulter. »Ich habe dir doch schon mal gesagt, dass du überhaupt nicht dick bist!«

»O nein, ich bin dünn wie eine Bohnenstange«, rief Anne ironisch.

»Das nicht, Anne. Du bist einfach so gebaut. Du hast nun mal kräftige Beine, aber du bist nicht dick.« Amaryllis versuchte nur, ihr zu helfen, sie zu trösten, sie aufzumuntern, aber je mehr sie sagte, desto niedergeschlagener wurde Anne. Jetzt war sie nicht nur mollig, jetzt hatte sie auch noch kräftige Beine.

Sie wusste zwar längst, dass die dick waren, aber jetzt hörte sie es mal von jemand anderem, noch dazu von ihrer besten Freundin.

»Ich habe auch so Tage, an denen ich mich dick fühle, Anne. Das geht wieder vorbei, wirklich.« Sie kniff ihrer Freundin aufmunternd in den Arm und seufzte. »Du bist übrigens nicht die Einzige, die sich schlecht fühlt.«

Anne sah sie verblüfft an. Den ganzen Tag lang waren sie zusammen gewesen und es war ihr nicht aufgefallen, dass sich Amaryllis mit irgendetwas herumquälte. Was für Sorgen sollte sie im Übrigen auch haben? Sie hatte alles, sie wusste alles, sie war alles.

»Ich habe heute Morgen mit meiner Mutter Krach gehabt.«

»Heftigen Streit?«

»Nein, nur dass ich einen Monat lang kein Taschengeld bekomme. Wie soll ich jetzt diesen blauen Rock kaufen, den ich letzte Woche im Schaufenster bei *Passion* habe hängen sehen?« Sie fuhr sich mit beiden Händen durch die Haare.

Anne umarmte ihre Freundin. »Dann warte bis nächsten Monat.«

»Dann ist er weg! Das würde ich mir nie verzeihen!« Sie vergrub ihr Gesicht in den Händen und ihre Schultern zuckten.

Jetzt übertreibt sie aber, fand Anne. Sie konnte verstehen, dass das schlimm war, aber deswegen ging doch die Welt nicht gleich unter, nur weil sie einmal nicht das kaufen konnte, was sie wollte! Dass sie momentan kein Geld hatte, war doch kein Drama! Amaryllis' Problem war fast lächerlich im Vergleich zu ihren Sorgen über ihr Gewicht.

In dem Moment wollte sie am liebsten herausschreien, dass sie diejenige mit den schlimmsten Problemen war. Aber Amaryllis war ihre beste Freundin und sie hatte sie doch eben auch getröstet. Sie sollte jetzt nicht denken, dass Amaryllis egoistisch war und einfach alle Aufmerksamkeit verlangte. Es gab bestimmt noch mehr Menschen, die wegen der kleinsten Dinge ausrasteten. Ihre beste Freundin war unglücklich und musste getröstet werden.

»Lis, ich kann dir Geld leihen, wenn du willst.«

Amaryllis hob langsam ihren Kopf und zeigte ihre roten Augen. »Wirklich?«

»Ja. Du bist doch meine Freundin!« Anne suchte sofort ihren Geldbeutel und nahm das ganze Geld heraus, das sie hatte.

»Danke.« Amaryllis nahm es und stand auf. »Ich kaufe ihn sofort. Hast du Lust mitzukommen?«

Anne schüttelte mutlos den Kopf. Die Vorstellung, einen Laden zu betreten, der voller Spiegel hing, brachte sie zum Zittern. Außerdem konnte sie Amaryllis' plötzliche Munterkeit nicht gut ertragen.

»Komm schon, Anne. Hör doch jetzt auf mit diesem Getue. Du bist nicht dick, benimm dich also normal. Und auch wenn du mollig bist, ist das noch lange kein Grund, so in den Seilen zu hängen«, sagte Amaryllis verärgert.

»Lass mich. Ich habe keine Lust.«

Als ihre Freundin zur Tür hinaus war, ließ sich Anne wie ein Sandsack auf ihr Bett fallen. Sie hatte ein Recht dazu, so durchzuhängen. Es gab jedenfalls einen guten Grund, weshalb die Zukunft so hoffnungslos aussah.

Wer würde sich schon gut fühlen, wenn er wusste, dass ihn nichts als lange Tage voller Hunger und Elend erwarteten?

»Tag, Oma.« Sie drückte einen Kuss auf das weiche, runzelige Gesicht.

Widerwillig ließ sie sich auf einen Küchenstuhl fallen. Ihre Mutter warf ihr einen warnenden Blick zu.

»So, Francine, ich freue mich, dich zu sehen! Und noch dazu mit deiner großen Tochter!« Sie schenkte ihrer Enkelin ein warmes Lächeln.

Anne war, als befände sie sich in einem Straflager.

Warum musste sie immer mitgehen? Ihre Mutter würde wieder stundenlang über Sticken schwatzen, über die neuesten Fortschritte des Babys, über dämliche Dinge, die jede Woche dieselben waren, aber die doch immer wieder an die Reihe kamen.

Aber das war längst nicht das Schlimmste. An das Gejammer, das immer ewig dauerte, hatte sie sich schon fast gewöhnt.

Aber da war auch noch das Essen. Immer wieder hatte Oma Nel herrliche, warme Torten gebacken oder für andere leckere Dinge gesorgt, verbotene Dinge, die dick machten. Immer wieder musste sich Anne zusammenreißen, um nicht loszuheulen.

Wie viel Gewalt musste sie sich jedes Mal selbst antun, um nicht doch ein Stückchen zu probieren! Wie hart musste sie jedes Mal kämpfen, um die Finger davon zu lassen, um ›keinen Hunger‹ zu haben? Immer wieder wurde ihr Besuch zu einer wahren Folter.

»Ich habe Apfelkrapfen gebacken, Anneke!«

Na bitte, da hatte sie es schon. Verdammt! Warum ausgerechnet Apfelkrapfen? Die krossen Kuchen, mit Puderzucker bestreut, gefüllt mit glühend heißen Apfelscheiben. Mmmh, herrlich! Sie war verrückt nach Apfelkrapfen!

Wo war die Zeit geblieben, als sie ohne Nachdenken fünf Stück nacheinander aß, um sich anschließend noch an einer Riesenschüssel Spaghetti zu ergötzen?

Manchmal wünschte sie sich, alles wäre wieder wie früher, als sie sich noch keine Sorgen über ihr Gewicht machte. Damals war sie ungefähr acht Jahre alt gewesen.

»Willst du Kuchen?« Oma Nel bot ihr ein herrlich duftendes Stückchen Feind an.

»Nein danke.« Anne wandte den Blick ab. Wer weiß, vielleicht konnte man das Verlangen an ihren traurigen Augen ablesen?

Ihre Großmutter schüttelte den Kopf und gab ihrer Mutter einen: »Sie weiß wirklich nicht, was gut ist.«

»Ach, in letzter Zeit schmeckt ihr nichts mehr! Meiner Ansicht nach ist sie verliebt!« Ihre Mutter biss gierig in den glühend heißen Krapfen.

Bah, wie konnte sie bloß so dasitzen und fressen! Gleich musste sie noch zu einem ausgedehnten Abendessen, wie konnte sie dann jetzt schon so viel in sich hineinstopfen? Vielfraße, das waren sie! Aber sollten sie nur fett werden, dann war sie zumindest die Schlankste zu Hause!

»Verliebt? Sie ist doch noch viel zu jung, Francine!« Oma Nel bestreute ihr Gebäck mit noch ein bisschen zusätzlichem Zucker.

Nur zu! Noch ein paar Kalorien mehr!, dachte Anne.

»Na«, meinte ihre Mutter achselzuckend, »dann weiß ich es auch nicht.«

»Pass nur auf, dass sie nicht krank wird! Ich kannte früher ein Mädchen, Rosa, die Tochter von Pierre hier an der Ecke, sie wollte auch nicht mehr essen. Die Ärzte wussten sich keinen Rat mehr damit. Eine seltsame Krankheit, das war es jedenfalls. Sie ist gestorben!« Die alte Frau redete über Anne, als säße sie nicht dabei.

»Ach Mutter! Sei nicht albern! Alle jungen Mädchen sind schon mal auf Diät! Und warum? Für irgendeinen gut aussehenden Jungen! Das geht schon wieder vorbei, nicht wahr, Anne?«

Sie nickte kaum merklich und beobachtete voller Abscheu, wie ihre Mutter ein zweites Mal zugriff. Es würde bestimmt vorübergehen, ja. Irgendwann würde sie aufhören. Wenn sie dünn genug war.

Ihre Mutter hatte recht, wenn sie sagte, dass es etwas mit einem Jungen zu tun hatte. Bald würde Alex sie endlich bemerken, hoffte sie.

»Anneke, willst du nun wirklich keinen Kuchen?« Ihre Oma sah sie flehentlich an.

Warum fragte sie das jetzt bloß? Natürlich wollte sie Kuchen! Sie würde einen Mord dafür begehen! Aber es durfte nicht sein! Sie musste sich an ihre Diät halten!

»Na gut, um dir einen Gefallen zu tun!« Sie nahm einen Krapfen vom Stapel und schlug gierig die Zähne hinein. Die beiden Annes drangen wieder in ihren Kopf ein und machten sie verrückt.

Nein, tu es bitte nicht!

Ich kann nicht damit aufhören, es ist zu spät!

Du wirst dick, du wirst dick, du wirst dick!!

Hör auf, du verdammtes Miststück! Ich habe riesigen Hunger!

Du darfst keinen Hunger haben! Hör auf zu essen! Bitte, Anne, hör auf zu essen! Nimm diesen Krapfen aus dem Mund und schluck ihn nicht runter! Ich flehe dich an!

Ich kann es nicht! Tut mir leid, ich kann es nicht! Hilf mir doch! Irgendjemand!!!

November

Zitternd ließ Anne ihr Nachthemd an ihrem Körper entlanggleiten und kniff die Augen fest zu. Sie wollte sich nicht wiegen, denn sie würde bestimmt wieder zugenommen haben. Sie wollte nicht in den Spiegel schauen, denn das Bild würde ihr einen Schock versetzen.

Aber sie hatte keine Wahl, es musste sein. Die andere Anne in ihr wollte es wissen.

Widerwillig hob sie ihren bleischweren Kopf und richtete ihren verschwommenen Blick auf den Spiegel. Sie betrachtete sich von Kopf bis Fuß, aufmerksam, prüfend, ablehnend.

Gott, was war sie fett! Und was für eine Figur hatte sie um Himmels willen!

Ihre Schultern waren ziemlich mager und ihre Schlüsselbeine standen vor, als wäre sie ein Skelett, aber ihr Magen, ihr Bauch, ihre Pobacken waren immer noch gewaltig.

Wenn sie ihrem Körper bloß sagen könnte, wo er abmagern sollte!

In den letzten Wochen ging es sehr langsam und sie wurde nur noch an Stellen dünner, die schon dünn genug waren. Bald würde sie erst recht eine fantastische Figur haben, dachte sie spöttisch. Ihr Rumpf wäre dann ausgemergelt, aber ihr Hintern würde immer noch meilenweit herausstechen und ihr Bauch wäre immer noch aufgedunsen.

Sie spürte, wie ihr die Tränen kamen. Es war nicht gerecht. Die ganze Welt war so verdammt ungerecht.

Weshalb gab es Menschen, die Schönheit und einen schlanken Körper bei ihrer Geburt mitbekamen, und warum gab es andere, die den Rest ihres Lebens kämpfen und leiden mussten? Wer hatte bestimmt, dass sie zu Letzteren gehören sollte?

Anne starrte auf ihren dicken Bauch und seufzte. Seit gestern hatte sie bestimmt drei Kilo mehr drauf. Aber so viel hatte sie nun auch wieder nicht gegessen.

Das Frühstück hatte sie selbstverständlich ausgelassen, zu Mittag hatte sie eine Apfelsine gegessen und abends ein Stück Butterkuchen mit Schokolade. Dennoch hatte der Kuchen dafür gesorgt, dass sie schwerer geworden war, das wusste sie genau. Bei so viel Fett würde doch jeder Mensch zunehmen!

Eine Welle der Panik durchflutete sie, als sie daran dachte, welche roten Zahlen wieder auf der Waage erscheinen würden.

Sie wollte es lieber nicht wissen. Könnte sie doch bloß mal einen Tag dieses verfluchte Wiegen sein lassen. Sie wusste, dass ihr der ganze Tag verdorben war, wenn sie zugenommen hatte. Immerzu würde sie dann an Essen denken, ständig würde sie sich unwohl fühlen.

Wenn sie sich nun einmal nicht auf die Waage stellen würde, nur heute nicht, und sie würde heute ihr Allerbestes tun, um abzunehmen, dann würde morgen eine günstigere Zahl auf der Skala stehen und sie musste sich heute nicht so niedergeschlagen fühlen.

Natürlich wusste sie auch so, dass sie drei Kilo zugenommen hatte, aber es würde nicht bestätigt werden, dann war es weniger schlimm. Vielleicht konnte sie dann heute ihr Wochenende genießen.

Ach nein. Was schwafelte sie da? Sie hatte keine Wahl. Die andere Anne gab es doch auch noch! Sie fühlte ihr Schreien und Rufen und Zetern, sich doch noch auf die Waage zu stellen. Die andere Anne wollte es wirklich wissen und würde vor Unsicherheit und Zweifel eingehen, wenn sie sich nicht bald wog.

Niedergeschlagen ging Anne zu der Waage und blieb davor stehen. Was würde sie gleich zu sehen kriegen? Vielleicht war es noch mehr, als sie erwartete. Vielleicht war sie in Wirklichkeit noch zehnmal dicker, als sie dachte. Wer weiß, vielleicht war sie wirklich ein träger Plumpudding, aber sie sah es einfach nicht!

Mit angehaltenem Atem stellte sie sich auf die Waage, ihre Augen sahen zur Decke. Ich will nicht! Ich will nicht hinsehen!

Doch, du musst! Du musst sehen, wie viel du wiegst.

Nein! Ich will es gar nicht wissen! Ich will es nicht!

Los jetzt, sieh hin!

Das andere Mädchen in ihr gewann und erschöpft warf Anne einen flüchtigen Blick auf die Anzeige. Dreiundfünfzig!

Sie ließ sich auf die Knie fallen und begann zu weinen, diesmal vor Freude. Es konnte nicht wahr sein! Sie hatte ein ganzes Kilo verloren!

Wie kam es dann, dass sie immer noch so dick war? Warum war sie eben felsenfest davon überzeugt gewesen, dass sie zugenommen hatte? Wie in Gottes Namen war es ihr gelungen, an einem einzigen Tag ein ganzes Kilo zu verlieren?

Noch immer vor Freude schluchzend schob sie die Waage wieder zurück in den Schrank und stellte sich erneut vor den Spiegel. Ja, man konnte es erkennen. Sie war wirklich dünner als gestern. Ihr Bauch wirkte eindeutig etwas flacher und von der Seite betrachtet schienen ihre Pobacken ein bisschen weniger dick.

»Aber es ist noch lange nicht in Ordnung!«, seufzte sie und begann sich anzuziehen.

Sie musste zusehen, dass sie noch weitere sechs Kilo abnahm, und dann hatte sie die himmlischen siebenundvierzig erreicht. Aber das würde nicht genug sein. Ihr wurde klar, dass sie der Verlust dieser sechs nichtssagenden Kilos nicht dünn genug machen würde. Sie würde noch weiter gehen müssen. Vielleicht sogar bis vierzig? Ja, sie musste zugeben, dass das kein Gewicht eines normalen Teenagers war, aber sie war doch nicht normal?

»Anne, Essen!« Ihre Mutter schrie noch die ganze Nachbarschaft zusammen.

»Ich habe keinen Hunger, ich esse nicht.«

Es war Sonntagmittag und sie hatte an diesem Tag noch nichts gegessen oder getrunken. Aber sie hatte Hunger. Ihr Magen schmerzte und ihr Kopf fühlte sich leicht an, als wäre sie in Trance. Als sie sich von ihrem Schreibtischstuhl erhob, wurde ihr schwindelig, und bei jedem Schritt, den sie machte, überfiel sie eine Welle der Übelkeit.

Sie wusste, dass ihr Körper um Nahrung flehte, aber es gab ihr ein Gefühl der Macht, wenn sie es schaffte, diese flehentliche Bitte immer wieder zu ignorieren.

Eigentlich war es auch schön, Hunger zu haben. Sie mochte den Schmerz nicht, aber wenn sie Hunger litt, spürte sie, wie ihr Körper abmagerte. Wenn ihr Magen knurrte und sie nichts aß, wusste sie, dass ihr Körper die Fettreserven benutzen würde.

Je mehr Hunger sie hatte, desto dünner fühlte sie sich werden. Und das war ein angenehmes Gefühl. In den letzten Tagen fühlte sie sich nur noch wohl, wenn sie Hunger hatte. Es stimmte zwar, dass sie dann den ganzen Tag schlecht gelaunt herumlief, aber das kam durch die nervigen, nagenden Magenschmerzen. Auf ihre Weise war sie in solchen Momenten durchaus glücklich.

»Anne, komm zu Tisch!«

»Mama, ich habe keinen Hunger!« Seit wann drängte ihre Mutter so?

»Wenn du nicht in drei Sekunden hier unten stehst, junge Dame, dann hole ich dich!«

Das war ihr Vater. Er wirkte nicht gerade gut gelaunt, also gehorchte sie besser. Sie hatte absolut keine Lust auf ein paar Wochen Hausarrest.

Seufzend warf sie ihr Buch hin und ging in die Küche. Dort saßen alle und starrten vor sich hin, das Essen lag unangetastet auf ihren Tellern. Es war mucksmäuschenstill. Man konnte das Baby in seinem Bettchen krähen hören.

Schnell setzte sich Anne auf ihren Platz und schob den Teller beiseite.

»Ich habe keinen Hunger. Welchen Sinn hat es dann, wenn ich zu Tisch komme?«

Ihr Vater schlug mit der Faust auf den Tisch, dass alle zusammenschraken. »Es hat verdammt noch mal einen großen Sinn! Wir sind eine Familie und eine Familie hat gefälligst gemeinsam zu essen! Verflixt, im letzten Monat habe ich noch keine fünf Mal mit dir zusammen am Tisch gesessen!«

Sie holte tief Luft. Jetzt war es doch zu spät, sie würde Hausarrest bekommen. Dann war es besser, wenn sie sagte, was sie dachte. »Wenn ich aber keinen Hunger habe?«

Ihr Vater biss sich auf die Lippen und sein Gesicht lief rot an, ein Zeichen dafür, dass er wütend war.

»Quatsch! Blanker Unsinn! Du hast sehr wohl Hunger!«

Sie schüttelte den Kopf. Was wusste er denn davon?

Ihre Mutter legte ihre Hand auf seine Schulter, um ihn zu beruhigen, und fuhr fort: »Wir merken sehr wohl, dass du in letzter Zeit entsetzlich wenig isst, und wir sehen, dass du sehr abnimmst.«

Wer redete denn nun Unsinn? Woher nahmen sie das mit

dem »wenig essen«? Und wie in drei Teufels Namen konnten sie sehen, dass sie abgenommen hatte, sie war doch noch immer gleich fett?

»Außerdem«, redete sie weiter, »hat Sofie gesehen, dass du mittags dein Pausenbrot wegwirfst, wenn du überhaupt eins mitnimmst.«

Anne spürte, wie ihr das Blut zu Kopf stieg. Blöde Petze, dachte sie. Sofie konnte es einfach nicht ertragen, dass sie abnahm. Sofie hatte eben Angst, dass Anne schöner werden würde, und dann wäre sie selbst nicht mehr die Schönheit der Familie.

Annes Mutter setzte sich und sah sie durchdringend an. »Du willst abnehmen, stimmt's?«

Sie fühlte Tränen aufsteigen und nickte.

Vielleicht würde ihre Mutter es ja begreifen und konnte ihr helfen.

So wie es jetzt war, klappte es ja doch nicht. In den vergangenen drei Tagen hatte sie fast nichts gegessen und trotzdem nahm sie zu. Vielleicht wusste ihre Mutter Rat.

»Wenn du abnehmen willst, darfst du nicht einfach aufhören zu essen, Anne.«

Jetzt log sie. Wie sollte sie anders abnehmen? Jetzt aß sie fast nichts mehr und nahm nichts, kein Gramm, mehr ab. Wie könnte sie dann abnehmen, wenn sie einfach weiteraß?

Ihr Vater stocherte mit sichtlichem Unwillen in seinen Kartoffeln herum und seufzte. »Ich möchte, dass du wieder normal isst. Ab heute. Es muss Schluss sein mit diesem Unsinn vom Abnehmen. In diesem Haus ist niemand zu dick!«

Anne spürte, wie sie ermattete. Das bedeutete das Ende.

In null Komma nichts würde sie wieder sechzig Kilo wiegen. Sie wäre wieder so fett wie ein Ochse, noch fetter. Gott, wie dick würde sie dann sein, wenn sie jetzt, mit dreiundfünfzig Kilo, schon so gewaltig war?

Hilflos warf sie einen Blick zu ihrer Mutter, aber die schüttelte den Kopf. »Dein Vater hat recht. Du musst wieder anständig essen.«

Einen Moment lang brachte sie kein Wort raus, als wäre sie soeben zur Todesstrafe verurteilt worden. Ihre Eltern wollten, dass sie dick wurde. Sie verstanden sie nicht! Ihre Mutter wusste nicht, was es hieß, mit einem widerlichen Körper durchs Leben zu gehen, sie war bildhübsch. Und ihr Vater verstand noch weniger von Schönheit. Sie würden es nie begreifen! Sie waren ihre Feinde, zwei große Monster, die sie fett mästen wollten.

»Und wenn ich einfach nichts esse, was macht ihr dann? Mich fesseln und füttern?« Sie schaute ihren Vater herausfordernd an und war über ihre eigenen Worte erstaunt.

Früher hätte sie sich ihrem Vater gegenüber nie so benommen. Das hätte sie sich nicht getraut. Jetzt war es ihr schnuppe. Ob er sie nun bestrafte oder nicht, das Einzige, was zählte, war ihr Gewicht.

Ihr Vater sah von seinem Teller auf und schüttelte den Kopf. »Nein, Anne. Das werden wir nicht tun. Wir sind keine Monster.«

Nein, natürlich nicht, dachte sie ironisch. Zufrieden legte sie die Arme übereinander und grinste. »Na also, ich esse nicht. Punktum.« Sie hatte nicht gedacht, dass sie so leicht davonkommen würde.

Sofie warf ihr Besteck hin und murmelte, der Hunger sei ihr vergangen. Ihre Mutter räusperte sich und sah Anne streng an. »Wenn du es so anpackst, gehen wir morgen mit dir zu einem Arzt. Der wird dir das Essen schon beibringen.«

Ihr Atem stockte. Was meinte ihre Mutter? Sie brauchte doch keinen Arzt, sie war nicht mal krank. Waren sie jetzt völlig behämmert? Erst waren sie zu blind, um zu sehen, dass sie viel zu dick war, und nun bekamen sie Wahnvorstellungen von irgendwelchen Krankheiten.

»Du bist erschrocken?« Die Stimme ihres Vaters zitterte ein wenig.

Anne sah ihn mit einem spöttischen Blick an. »Ein Arzt?« Ihr Lachen klang schrill.

»Ja, ein Arzt. Ein Spezialist.«

»Ich bin doch nicht krank, Mann.« Ihre großsprecherischen Worte sollten ihre Ratlosigkeit verbergen.

»Hast du schon mal was von Anorexie gehört?« Ihre Mutter sah nicht von ihrem Teller auf, auf dem das Essen noch immer unberührt lag.

Anorexie! Jetzt knallten sie doch völlig durch! Natürlich hatte sie schon davon gehört. Das war eine Krankheit, bei der man immer mehr abnehmen wollte.

So etwas hatte sie doch nicht! Sie wollte bis siebenundvierzig gehen, vielleicht ein bisschen weiter, aber sie hatte ein Ziel. Außerdem waren Mädchen mit Anorexie extrem dünn, regelrecht lebende Skelette. Sie war dick und rund und wabbelig fett, wie konnte sie dann um Himmels willen Anorexie haben? Manchmal dachte sie schon an diese Krankheit. Dann wünschte sie sich, sie hätte Anorexie. Dann wäre sie wenigstens dünn.

Ja, das war die Lösung, Magersucht kriegen, aber die Frage war bloß, wie?

»Kennst du das, Anne?«, wiederholte ihre Mutter.

»Das habe ich nicht! Ich bin doch nicht mager! Seid ihr denn nun ganz stockblind!« Sie spürte, wie ihre Wangen glühten und ihr ganzer Körper zitterte.

»Wenn du nichts mehr isst, gehen wir zu diesem Arzt und zur Not lassen wir dich in ein Krankenhaus bringen. Mehr ist dazu nicht zu sagen. Du hast jetzt die Wahl.« Mit diesen Worten stand ihr Vater auf und verließ das Zimmer.

Anne starrte ratlos vor sich hin. In ein Krankenhaus! Nein,

das durfte nicht geschehen! Sie würden sie dort vollstopfen und fett mästen und das würde ihren Tod bedeuten! Am besten würde sie das Spiel mitspielen.

Ja, sie würde von jetzt an die perfekte Tochter spielen. Sie würde schön alles aufessen, genau wie früher, wenn sie bloß nicht zu diesem teuflischen Doktor brauchte.

Wie sie ihre Diät durchhalten könnte, wusste sie noch nicht, aber sie würde auf jeden Fall weiter abnehmen. Sie musste ihre Eltern irgendwie davon zu überzeugen wissen, dass nichts weiter mit ihr los war, und dann würde sie heimlich weiter abnehmen können. Niemand würde es merken. Ihr graute zwar bei dem Gedanken an die monstermäßigen Mengen, die sie dann wieder jeden Tag runterschlucken sollte, aber alles war besser als das Krankenhaus!

Denn da würde sich ihr Abmagerungsplan ganz sicher zerschlagen.

»Okay, Mama, ich werde wieder essen. Ihr habt recht. Ich bin nicht zu dick.« Sie war froh, dass sie so gut lügen konnte.

Ihre Mutter sah sie an und lächelte. »Meinst du das wirklich?«

Sie nickte. Lust, alles noch ein zweites Mal zu sagen, hatte sie nicht. Für heute hatte sie genug gelogen.

»Ich bin stolz auf dich, Anneke.« Sie ging zu ihrer Tochter und drückte ihr einen feuchten Kuss auf die Stirn. »Und froh, dass sich alles geklärt hat«, sagte sie und lief ins Wohnzimmer, um ihrem Mann die guten Neuigkeiten mitzuteilen.

Gelöst? Nichts war gelöst. Nun musste sie verdammte ganze Tage lang fressen.

Wie sollte sie dabei bloß abnehmen? Als ob der Kampf nicht jetzt schon mühsam genug wäre!

Anne holte tief Luft und ging zur Theke. Hoffentlich würde ihre Stimme nicht zu heftig zittern.

»Kann ich Ihnen helfen?«, fragte eine Frau mittleren Alters freundlich.

»Äh … ich brauche etwas gegen Verstopfung, um den Stuhlgang anzuregen.« So, es war raus. Jetzt hieß es nur noch bezahlen und verschwinden.

Die Apothekerin sah sie forschend an. »Für wen ist es?« Verdammt. Damit hatte sie nicht gerechnet. Dann eben eine Notlüge. »Für meine Schwester.«

Die Frau ging zu einem Schrank, in dem sich Tabletten und Salben befanden. »Wie alt ist deine Schwester?«

Was sollte sie sagen? Gleich alt? Nein, das wäre zu merkwürdig. Jünger? Nein, erst recht nicht, denn dann bekam sie vielleicht Tabletten für Kinder. Fünfundzwanzig? Ja, für dieses Alter hatten sie bestimmt starkes Zeug, aber war es dann nicht unlogisch, dass ihre Schwester nicht selbst zur Apotheke kam?

»Siebzehn … nein, achtzehn, glaube ich.« Sie tat, als müsse sie nachdenken.

Es war doch eigentlich nett von ihr, schnell für ihre ältere Schwester zur Apotheke zu fahren und das bei dem Hundewetter, dachte sie und lächelte bei dem Gedanken.

»Macht ihr die Verstopfung große Beschwerden?« Die Frau kam mit zwei Schachteln und legte sie vor Anne auf die Theke.

Kräftig übertreiben, sie musste starkes Zeug haben. »Sie kann schon seit vier oder fünf Tagen nicht mehr zur Toilette und sie hat schreckliche Krämpfe.«

»Dann gebe ich dir diese mit«, sagte sie und schob Anne die Schachtel hin.

»Eine Tablette vor dem Schlafengehen und sie wird am Morgen bestimmt gehen können.«

Anne nickte und bezahlte. Überglücklich radelte sie schnell nach Hause.

Abführmittel kaufen war ganz schön aufregend. Sie konnte es kaum erwarten, den Beipackzettel zu lesen.

Als sie in ihrem Zimmer saß, riss sie ungeduldig die Verpackung auf, nahm die vierzig Pillen heraus, küsste sie, als wären sie ihr wertvollster Besitz, und warf dann einen Blick auf den Beipackzettel.

»Bei Überdosis Gewichtsverlust möglich«, las sie.

Gott sei Dank! Sie hatte es geschafft! Sie konnte den ganzen Tag essen, was ihr schmeckte, und trotzdem abnehmen. Das Einzige, was sie tun musste, war ein paar Pillen zu schlucken, und fertig war die Laube! Eine Überdosis. Erwachsene sollten eine Tablette pro Tag nehmen, dann nahm sie doch einfach zwei! Auf diese Weise hatte sie schon einen Vorrat für zwanzig Tage. Wenn die vorbei waren, hatte sie vielleicht schon die siebenundvierzig Kilo erreicht!

Selig nahm sie zwei Tabletten aus der Packung und ging ins Badezimmer. Als sie einen großen Schluck Wasser genommen und die Tabletten runtergeschluckt hatte, starrte sie ihr Spiegelbild an. Jetzt hatte das Elend erst richtig begonnen.

Was tat sie da bloß? Jetzt betrieb sie schon Arzneimittelmissbrauch.

Im Beipackzettel stand, dass Überdosen furchtbare Schäden im Darmtrakt verursachen konnten, aber das würde bei ihr sicherlich nicht der Fall sein, oder doch?

Daran durfte sie vorläufig nicht denken. Im Übrigen war das alles die Schuld ihrer Eltern. Wenn die sie nicht dazu verdonnert hätten, zu essen, würde sie jetzt keine Abführmittel brauchen.

Nein, sie war vollkommen unschuldig, sie tat nichts Falsches. Ihre Eltern hatten sie dazu gezwungen.

Sie trocknete sich die Mundwinkel ab und warf einen letzten Blick in den Spiegel. Sie musste noch ein bisschen Geduld haben. Bald würde sie ihr Ziel erreichen.

Stolz und selbstzufrieden ging sie nach unten in die Küche und fand dort ihre Mutter vor.

»Was gibt es zu essen? Ich habe Hunger.«

Ihre Mutter hob den Blick von den Kochtöpfen und sah ihre Tochter strahlend an. »Du glaubst nicht, wie froh ich bin, dich das sagen zu hören.«

Anne zuckte mit den Schultern. »Es ist eben so.«

»Darüber bin ich wirklich froh. Du hast dich richtig entschieden. Dein Vater ist auch sehr stolz auf dich.«

Ja, ganz bestimmt. Jetzt, da sie bereit war, sich von ihnen fett mästen zu lassen, war sie auf einmal eine ordentliche Tochter. Wenn sie ihnen zugestand, sie vollzustopfen, hatten sie einen Grund, auf sie stolz zu sein. Fein, dass sie das wusste.

Plötzlich bekam sie riesige Lust auf Schokolade. Es war schon wieder zwei Monate her, seit sie zuletzt ein Stück Nussschokolade genascht hatte, weil sie die ganze Zeit Angst gehabt hatte zuzunehmen. Aber jetzt brauchte sie sich keine Sorgen mehr zu machen, die Tabletten würden den Kampf für sie aufnehmen. Sie öffnete den Schrank mit den Süßigkeiten und nahm eine große Tafel heraus.

»Verdirb dir jetzt nicht den Appetit, Anne.«

»Das tue ich schon nicht. Durch das Abnehmen habe ich Hunger für zehn!« Sie lächelte ihrer Mutter beruhigend zu und biss ein großes Stück von der Schokolade ab.

Herrlich! Sie hatte das Gefühl, im Himmel zu sein. Zum ersten Mal seit langer Zeit gelang es ihr, etwas zu genießen. Ein einziges Mal brauchte sie sich keine Sorgen zu machen, dick zu werden.

Warum war sie nicht eher auf die Idee mit den Abführmitteln gekommen? Es hätte ihr ganz bestimmt eine Menge Leid erspart.

»Marijke war gerade am Telefon.«

»Warum hast du mich nicht gerufen?« Sie sah zu, wie ihre Mutter die Bratwurst briet. In abartig viel Bratfett. Ach, was sollte es schon?

»Sie fragte, ob du am Samstag zu ihrer Schlafanzugfete kommen wolltest«, sagte sie, Annes Frage ignorierend.

»Ruft sie noch einmal an?«

Ihre Mutter schüttelte den Kopf. »Ich habe die Angelegenheit geregelt. Es ist in Ordnung.«

Argwöhnisch kniff Anne die Augen zu Schlitzen zusammen. »Was hast du gesagt?«

»Dass du nicht kommen würdest.« Sie sah ihre Tochter mit einem kleinen Lachen an.

»Was?! Mama, wie kannst du nur? Sie ist meine Freundin!«

»Du magst doch gar keine Schlafanzugfeten?«

»Wer sagt das?«

»Zu Sien wolltest du nicht gehen.«

Sie dachte an das langweiligste Mädchen der ganzen Schule. Nein, natürlich hatte sie nicht zu Sien gehen wollen. Sie nannten jeden Schnepfe, der etwas mit ihr zu tun hatte.

Sie seufzte. »Ich möchte schon gerne zu Marijke.«

Ihre Mutter schüttelte den Kopf. »Sie denkt jetzt, dass du nicht kommst. Wenn du sagst, du kommst doch, was soll sie dann wohl von mir denken? Dass ich meine Nase in alles hineinstecke und einfach Sachen erzähle, die nicht wahr sind?«

Ja, genau das tat sie, ihre Nase ständig in alles reinstecken. »Mama, du brauchst doch nicht für mich zu entscheiden! Ich habe wirklich Lust, hinzugehen!«

»Wir gehen am Samstag zu Oma. Das ist jetzt schon so abgesprochen. Wir essen alle gemeinsam und du gehörst dazu.«

Anne kochte vor Wut. War sie denn nicht alt genug, ihren Freundinnen selbst zu sagen, ob sie kam oder nicht? »Ich will nicht zu Oma.«

Ihre Mutter hörte auf in der Suppe zu rühren und lehnte sich auf die Anrichte. Leise sagte sie: »Liebst du mich eigentlich noch?«

»Was?« Wovon fing sie denn jetzt wieder an?

»Alles, was ich mache, ist verkehrt. Du tust alles, um gegen mich zu arbeiten. Jetzt auf einmal liebst du Schlafanzugfeten.«

»Mir haben solche Feten schon immer gefallen.«

»Und wenn ich sage, wir gehen zu Oma, hast du keine Lust.« Sie sah sie mit traurigem Blick an.

»Dort ist es todlangweilig, Mama.« Anne war allmählich mit ihrer Geduld am Ende.

»Nein, das stimmt nicht. Du willst nur nicht gehen, weil ich es ausgemacht habe, und du willst nichts mehr tun, wo ich auch dabei bin, nicht wahr?«

Anne seufzte und ihre Arme hingen schlaff neben ihrem Körper.

Vielleicht bildete ihre Mutter sich nicht alles ein. Jetzt, da sie darüber nachdachte, wirkte es wirklich so, dass sie sie mied. Aber das lag überhaupt nicht in ihrer Absicht!

»Mama, das ist nicht wahr. Ich bin gerne bei dir und ich werde am Samstag wohl mitgehen.«

Ihre Mutter nickte dankbar und wandte ihre Aufmerksamkeit wieder den Töpfen zu.

Anne bewegte sich schlurfend ins Wohnzimmer, wo sie sich aufs Sofa plumpsen ließ. Ihre Mutter war wieder glücklich, sie hatte wieder eine gute Tat vollbracht. Aber ob sie sich jetzt gut fühlte, zählte nicht.

Aber was soll's, so war es immer gewesen und es würde wahrscheinlich auch immer so bleiben.

Plötzlich dachte sie an das Stück Schokolade. Warum hatte sie es genommen? Was hatte sie davon gehabt?

Für einen Moment war es lecker, aber nach einer Minute war es weg und dann blieb einem von dem herrlichen Gefühl nichts mehr übrig. Nur noch ein geblähter Magen.

In Zukunft würde sie keine Schokolade mehr essen. Ohne Süßigkeiten war sie genau dieselbe Anne, weshalb also sollte sie dem dann nachgeben? Dass sie nun Tabletten nahm, hieß nicht, dass sie jetzt anfangen durfte zu fressen. Sie musste zeigen, dass sie es schaffte, die Finger von all diesen köstlichen Sachen zu lassen. Sie musste zeigen, dass sie stark war, dass sie Charakter hatte, dass es sehr wohl etwas gab, was sie konnte. Was sie allein konnte, ohne Hilfe von anderen.

Es war halb vier morgens und alle schliefen noch, außer Anne. Die höllischen Bauchschmerzen machten es ihr unmöglich, zwei Sekunden ruhig liegen zu bleiben. Alle zehn Minuten bekam sie fast einen Herzanfall, wenn sie rannte, um rechtzeitig auf der Toilette zu sitzen. Es hatte keinen Sinn, die ganze Nacht im Badezimmer zu verbringen, denn die Bauchschmerzen schienen erst zu kommen, wenn sie sich wieder ins Bett legte.

Nun war der Sturm wieder kurzfristig abgeflaut und sie konnte zu Atem kommen. Eigentlich waren diese Abführmittel unerträglich. Sie nahm zwei Tabletten, sie fraß den ganzen Tag lang, krepierte nachts vor Bauchschmerzen und nahm immer noch zu.

Sie verstand gar nichts mehr. Entweder hatte sie keine Nebenwirkungen von der Überdosis oder sie nahm überhaupt keine Überdosis ein. Nein! Das konnte sie doch nicht machen! Sie konnte doch nicht noch mehr Tabletten schlucken! Was wäre dann mit ihren Gedärmen? Sie wollte keine kaputten Eingeweide oder Darmkrebs bekommen!

Tränen rollten ihr über die Wangen, als sie daran dachte, welche Schmerzen sie ihrem eigenen Körper mit diesen Medikamenten zufügte. Ihr Bauch schrie um Gnade, aber das Einzige, was sie tat, war, noch mehr Tabletten zu schlucken.

Hatte sie denn wirklich das Recht, ihren Darm zu zerstören? Ach, sie wollte sich doch gar keine Schmerzen zufügen!

»Es tut mir so leid!«, flüsterte sie sich selbst zu. »Ich will dir nicht wehtun! Verzeih mir!« Sie presste ihr Gesicht ins Kissen, um zu verhindern, dass jemand sie weinen hörte.

Sofie ächzte und drehte sich im Bett um. Sofie. Warum konnte sie nicht so sein wie Sofie? Warum war es ihr nicht vergönnt, genauso schön und schlank zu sein? Warum war sie das Aschenputtel?

Sofie war in allem gut. Das sagten ihre Eltern übrigens auch unablässig. Sofie war gut in der Schule, Sofie sorgte gut für das Baby, Sofie war sich ihrer Verantwortung viel mehr bewusst …

Sie sagten nie, dass sie weniger wert sei als ihre jüngere Schwester, aber es kam schon immer so bei ihr an. Sie meinten es bestimmt auch so.

Aber jetzt änderte sich das allmählich. Jetzt tat sie etwas, worin Sofie nicht so gut war. Jetzt würde sie mal die Dünnste sein, diejenige, die am wenigsten aß.

Anne warf die Decke von sich und schluchzte. Das war jetzt das siebte Mal. Die Bauchschmerzen waren etwas schwächer geworden, und sie vermutete, dass der Kampf in ihrem Körper fast beendet war.

Als sie seufzend vor Erleichterung auf der Toilette saß, fiel ihr Blick auf die Waage. Sie konnte den Drang nicht unterdrücken, sie musste es wissen. Würde sie wirklich wieder nichts abgenommen haben? Sie hoffte doch, denn mehr Tabletten konnte sie nicht nehmen. Das wollte sie nicht! Das Einzige, was sie wollte, waren dünne Beine und ein flacher Hintern. War das denn zu viel verlangt?

Sie begann zu schwitzen, als sie ihre aufgequollenen Füße auf die Waage setzte. Sofort begannen ihre Schultern heftig zu zucken und Tränen flossen über ihre bleichen Wangen.

»Nein! Bitte! Nein!«

Sie schleuderte das Gerät zur Seite und stürmte aus dem Bad. Kurz bevor sie die Tür von ihrem Zimmer aufreißen wollte, wurde ihr bewusst, dass es Nacht war. Sie holte tief Luft und beruhigte sich ein bisschen.

So leise es ging, schlich sie sich zu ihrem Nachtschränkchen und kramte ihre Schachtel mit den Tabletten hervor.

Bei Überdosis ist Gewichtsverlust möglich, hatte da gestanden. Na gut, sie würde dann mal für eine Überdosis sorgen! Sie ekelte sich vor ihrem Körper! Dem musste ein Ende gemacht werden!

Mit zitternden Fingern nahm sie fünf weiße Kapseln aus der Schachtel und stopfte sie sich in den Mund. Dann nahm sie das Wasserglas von ihrem Nachttisch und trank es gierig aus.

Noch immer am ganzen Körper bebend, kroch sie tief unter die Decken und begann ganz leise wieder zu weinen.

Dezember

Anne riss die Tür auf, schmiss ihre Tasche in eine Ecke und beeilte sich ins Badezimmer zu kommen. Ungeduldig und mit zitternden Händen begann sie ihre Bluse aufzuknöpfen. Jetzt konnte es doch gar nicht anders sein, sie musste doch abgenommen haben!

Sie hatte zwei Tage bei Amaryllis verbracht und konnte nicht leugnen, dass sie fast nichts gegessen hatte. Weil ihre Freundin auch keine so große Esserin war, fiel es den Eltern nicht auf und sie hatte sich zwei Tage lang ausleben können. Sie hatte Hunger gelitten, sehr großen Hunger. Gestern Abend war sie sogar fast ohnmächtig geworden. Sie hatten alle zusammen noch eine Runde gejoggt, Amaryllis, ihr Bruder Andreas und sie. Nach ein paar hundert Metern war ihr schlecht geworden.

Ihre Beine fühlten sich auf einmal bleischwer an und das Atmen machte ihr Mühe. Die Umgebung schien sich in einem Strudel zu bewegen und sie spürte, wie sich ihr der Magen umdrehte.

Erst hatte sie gedacht, sie hätte schon wieder Hunger, und um so viel Energie wie möglich zu verbrauchen, war sie noch schneller gerannt. Aber dann schien es, als würden ihre Beine im Beton kleben bleiben, was zur Folge hatte, dass sie gestolpert war.

Andreas hatte gesehen, wie sie taumelte, und verhindert, dass sie mit ihrem Kopf auf dem harten Kies landete, indem er sie mit seinen kräftigen Armen auffing.

Sie musste lächeln, als sie sich daran erinnerte. Er war ein ziemlich gut aussehender Junge, aber schließlich war er ja auch Amaryllis' Bruder. Die ganze Familie wirkte wie frisch der Modezeitschrift entstiegen.

Sie musste zwar zugeben, dass Amaryllis' Vater einen Bauchansatz hatte, aber für einen Vierzigjährigen sah er noch sehr jung aus und war voller Energie.

Lis hatte ihr erzählt, dass Schönheit für ihre Familie charakteristisch war, weil ihre Ururgroßmutter einmal von der griechischen Göttin der Schönheit aufgesucht worden war. Anne glaubte natürlich nicht die Bohne davon, aber die Geschichte gefiel ihr trotzdem. Niemand konnte behaupten, sie selbst käme aus einem hässlichen Nest. Wenn sie ihre Vorfahren mit einem Besuch irgendeiner Göttin erläutern sollte, so wäre es sicherlich die des Überflusses gewesen. Einem Überfluss an Fett!

Eigentlich sollte sie jetzt darüber lachen. Sie brauchte nicht immer niedergeschlagen zu sein. Alles würde gut werden.

Wenn sie alle zwei, drei Wochen mal einen Tag fastete, würde wirklich alles ins Lot kommen. Vielleicht wog sie jetzt schon beinahe neunundvierzig Kilo!

Die Neugier überkam sie wieder und sie zog schnell die Schuhe aus. Aufgeregt stieg sie auf die Waage und wartete ungeduldig, bis die endgültige Zahl erscheinen würde.

Einen Moment dachte sie, sie würde zusammenbrechen, als dort 57 erschien, aber dann sank es schon, und als würde sie für ihr Fasten belohnt, las sie 50,2.

Überglücklich sank sie auf die Knie und dankte Gott wie verrückt. Wie war es nur möglich? Noch drei Kilo! Sie hatte es geschafft, schon mehr als zehn Kilo in weniger als drei Monaten abzunehmen! Das bedeutete, sie würde sich noch drei Wochen lang richtig anstrengen müssen und dann wäre sie endlich dünn! Das Ende war absehbar, die Hölle würde sich bald in einen wunderbaren Himmel verwandeln.

Mit einer guten Laune, die scheinbar durch nichts zerstört werden konnte, hüpfte sie nach unten, wo ihre Schwester im Wohnzimmer saß und las. Neben ihr auf dem Sofa stand eine Keksdose. Schön. Sollte sie nur hübsch fett werden. Jetzt war sie damit dran.

Anne ging in die Küche und rieb sich mit ihrer rechten Hand über den Magen. Sie kam fast um vor Hunger. Eigentlich durfte sie jetzt ruhig etwas essen. Von einer Kleinigkeit würde sie nicht dick werden und außerdem konnte es nicht so viel schaden, wenn sie jetzt ein paar Tage lang auf demselben Gewicht blieb. Sie fühlte sich gut und war davon überzeugt, dass sie es sich nicht einbildete, dass ihre Beine dünner waren.

Mit einem Bärenhunger zog sie den Schrank auf und fand eine Dose mit frischem Gebäck. Das Wasser lief ihr im Mund zusammen, als sie die herrlich duftenden Apfeltaschen dort liegen sah. Eine einzige konnte doch sicher nichts schaden.

Wenn sie während des restlichen Tages nicht mehr allzu viel aß, konnte sie sich jetzt wirklich einen Extrahappen erlauben. Mit großen Bissen verspeiste sie ihn. Es war, als befände sie sich im Himmel. Wie schön Essen doch sein konnte!

Als sie das Gebäck verspeist hatte, merkte sie, dass sie noch immer schrecklichen Hunger hatte. Sollte sie noch ein Stück … Nein, zwei waren zu viel! Sie musste weggehen, die Küche verlassen, bevor es zu spät war! Aber ein Stück, welchen Unterschied würde das schon machen? Weshalb waren sie auch so lecker? Wenn sie nun den Rest des Tages einfach nichts mehr aß? Nein, ihren Eltern entkam sie ja doch nicht. Nein! Die zweite Apfeltasche musste sie sich aus dem Kopf schlagen.

Warum konnte sie sich dann nicht zwingen, aus der Küche zu gehen? Die schlechte Anne war wieder da. Sie brachte sie dazu, ihre Beine Richtung Schrank zu bewegen, und sie war diejenige, die ihren Händen befahl, ein Stück Schokoladenkuchen herauszunehmen.

Um Himmels willen, hör auf zu essen! Du hast schon eins gefuttert! Du wirst fett!

Es schmeckt so gut, lass es mich bitte genießen. Von einem Stück Kuchen wird man nicht gleich ein Elefant.

Du schon. Hör jetzt damit auf, Anne. Leg den Kuchen weg!

Ich kann es nicht, Anne. Ich muss ihn aufessen. Ich habe wirklich Hunger!

Sie stopfte ihn sich so schnell in den Mund, als wolle sie verhindern, dass ihr die andere Anne ihn wegnahm.

Als sie alles hinuntergeschluckt und ein großes Glas Wasser ausgetrunken hatte, lehnte sie sich niedergeschlagen an die Anrichte.

Was hatte sie nun wieder getan? Hätte sie sich denn nicht zusammenreißen können, Schwächling, der sie war!

Obwohl sie nicht ganz glauben konnte, dass sie plötzlich

wieder drei Kilo mehr wiegen würde, fühlte sie sich nicht wohl. Aber was konnte sie jetzt noch tun? Die Nahrung steckte in ihr, die Kalorien waren wahrscheinlich schon in ihrem Blut.

Noch mehr Tabletten zu nehmen wäre ein ungünstiger Schachzug, denn sie hatte gerade noch genug für drei Tage und sie konnte nicht vor Samstag zur Apotheke. Es blieb ihr nichts anderes übrig, als abzuwarten und den Rest des Tages zu hungern.

Während sie sich über ihren aufgeblähten Magen ärgerte, tigerte sie durch die Küche. Sie musste sich irgendwie ablenken, sonst wurde sie noch verrückt. Ein Film. Der würde sie vielleicht beruhigen.

Sie schlurfte zum Eckschrank im Wohnzimmer und zog dort ihren Lieblingsspielfilm vom obersten Regalbrett. *Dirty Dancing*. Es musste herrlich sein, tanzen zu können. Natürlich konnte man es lernen, aber dazu war sie doch viel zu schwerfällig. Außerdem wäre es ein ekelhafter Anblick: ein wabbeliges Kalb in einem engen Trikot.

»Was machst du da?« Sofie riss sie aus ihren Gedanken.

»Ich möchte mir einen Film ansehen.« Sie wollte zum Fernsehgerät gehen, aber Sofie kam ihr zuvor.

»Pech, ich wollte gerade *Das Schweigen der Lämmer* sehen. Du kannst ja mitgucken, wenn du Lust hast.«

Anne spürte, wie ihre Wangen rot anliefen. »Ich war zuerst da! Du hast doch gerade noch gelesen!«

Sofie setzte ein unschuldiges Lächeln auf und sah ihrer Schwester gerade ins Gesicht. »Jetzt nicht mehr!« Sie nahm die Fernbedienung und plumpste aufs Sofa.

Anne war rasend. Das machte sie einfach absichtlich, um sie auf die Palme zu bringen! Wütend rannte sie aus dem Zimmer und lief in die Garage, wo ihr Vater am Auto herumbastelte.

»Papa, Sofie hat gelesen, ich wollte fernsehen, und auf einmal will sie auch einen Film angucken.« Ihre Beine zitterten vor Wut.

Ihr Vater kam unter dem Auto hervor und seufzte: »Dann schaut doch zusammen.«

»Papa! Ich will einen anderen Film sehen!«

»Dann schau ihn dir anschließend an.« Er verschwand wieder unter dem Fahrzeug.

Anne stampfte mit dem Fuß auf. »Ich war aber zuerst da, Paps! Ich habe das Recht, jetzt zu gucken! Sag ihr, dass ich das darf!«

»Aber, Anne. Du bist doch die Ältere! Benimm dich einmal erwachsen. Guck eben anschließend!«

Sie drehte sich mit einem Ruck um und lief mit großen Schritten aus der Garage. Es war nicht gerecht! Sie musste wieder abschwirren, obwohl sie mehr Recht darauf hatte, zu bleiben, als irgendwer sonst! Sie knallte die Tür zu, warf die Videokassette auf den Wohnzimmertisch und stürmte nach oben. Ihre Zimmertür musste auch daran glauben und landete mit einem ohrenbetäubenden Knall im Schloss. Einen Augenblick blieb sie wie versteinert stehen. Was war sie doch für eine blöde Trine? Warum blieb sie eigentlich noch hier wohnen? Niemand schien sie noch leiden zu können. Sie zog ja doch immer den Kürzeren, dann war es besser, wenn sie einfach wegging. Sie wären ohne sie viel besser dran. Die ganze Welt würde dann übrigens besser aussehen.

Als entdecke sie auf einmal die Lösung für ihr Problem, eilte sie zu ihrem Nachttisch. Eine nach der anderen steckte sie die Tabletten in den Mund. Es waren fünfzehn.

»Nein, Mama! Ich bin krank! Ich bleibe heute zu Hause!« Die Tabletten könnte sie auch morgen kaufen.

Sie stöhnte und drehte sich noch einmal im Bett um. Sie war todmüde.

In der Nacht hatte sie kein Auge zugetan. Alles hatte am vergangenen Abend begonnen, gegen zehn Uhr. Da hatte sie noch nicht ahnen können, dass sie durch die Hölle gehen würde.

Erst hatte sie ein leichtes, aber unangenehmes Prickeln in ihrer Magengegend gespürt, das sich nach einer Stunde in richtige Magenkrämpfe verwandelt hatte. Es war, als würden Tausende messerscharfe Nadeln in sie hineinstechen, während ihr Magen kurz vorm Platzen stand.

Kurz darauf war ihr auf einmal fürchterlich schlecht geworden und sie musste ins Badezimmer rennen, um es noch zur Toilette zu schaffen. Tief drinnen tat es ihr leid, dass sie nichts gegessen hatte, denn das wäre jetzt doch herausgekommen. Fünfmal nacheinander hatte sie sich übergeben müssen, saure Galle, denn ihr Magen war leer.

Als sie danach wieder ins Bett kroch, drehte sich das ganze Zimmer. Das Schwindelgefühl ging mit berstenden Kopfschmerzen einher. Es sah fast so aus, als wollte es nicht mehr aufhören! So krank war sie noch nie gewesen!

Obwohl sie alles getan hätte, um den Schmerz zu beenden, verkniff sie es sich, ihre Mutter um ein Mittel zu bitten. Was sie jetzt durchmachte, war im Übrigen ihre eigene Schuld. Hätte sie bloß keine Überdosis Tabletten genommen!

Wie sie eingedöst war, wusste sie nicht mehr, aber als sie ein paar Stunden später wach wurde, war ihr ganzes Bett nass.

Weil sie nicht gleich das Licht einschalten konnte, da Sofie sonst wach würde, dachte sie als Erstes an ihre Menstruation. Sie fühlte jedenfalls, wie eine laue Flüssigkeit an ihren Beinen entlangfloss. Außerdem war es schon zwei Monate her, seit sie zum letzten Mal ihre Periode gehabt hatte, also konnte es nichts anderes sein.

Seufzend stolperte sie aus dem Bett und bemerkte jetzt erst richtig den reißenden Schmerz in ihrem Bauch. Das sind keine Menstruationsschmerzen, dachte sie erschrocken.

Der Schmerz war fast unerträglich! Es kam ihr fast so vor, als säße eine fleischfressende Bakterie in ihrem Körper, die Stück für Stück ihre Eingeweide verzehrte!

Halb betäubt versuchte sie so schnell wie möglich das Badezimmer zu erreichen, aber es schien eine Ewigkeit zu dauern. Es war ihr unmöglich, sich aufrecht zu halten, sie ging gekrümmt vor Schmerz.

Als sie endlich im Badezimmer stand und Licht gemacht hatte, starrte sie voller Abscheu auf ihr Nachthemd. Das war auf der Rückseite völlig durchweicht und über die gesamte Länge befand sich ein großer dunkelbrauner, fast schwarzer Fleck.

Ein durchdringender säuerlicher Geruch verbreitete sich im Raum.

Voller Panik zog sie das Nachthemd aus und betrachtete sich im Spiegel, ausnahmsweise nicht, um zu überprüfen, ob sie immer noch gleich dick war.

Entsetzt betrachtete sie das stinkende Zeug, das ihr fast über den ganzen Rücken gelaufen war.

Es blieb ihr nichts anderes übrig, als ein heißes Bad zu nehmen, mit unsäglich viel Seife, auch wenn es mitten in der Nacht war.

Noch bevor sie den Hahn aufdrehen konnte, durchfuhr ein höllischer Schmerz ihren Bauch. Sie spürte regelrecht, wie ihre Gedärme zusammenschrumpften und ein brennender Schmerz am After einsetzte. Keine Sekunde später rann wieder braune Flüssigkeit ihre Schenkel hinunter.

Weinend vor Schmerz, aber auch vor Scham lief sie zur Toilette. Was tat sie sich da bloß an? Sie benahm sich beschämend!

Welche Siebzehnjährige kackt denn schon ihr ganzes Bett voll?, wies sie sich selbst zurecht. Sie durfte gar nicht daran denken, dass jemand erfahren könnte, wie sie die ganze Zeit in ihrem eigenen Stuhl gelegen hatte! Das passierte doch nur bei alten Menschen und manchmal bei Babys.

Sie blieb sehr lange auf der Toilette sitzen. Es waren vielleicht sogar Stunden gewesen. Sie traute sich nicht aufzustehen, aus Angst, sie würde sich erneut beschmutzen. Sie konnte nichts dagegen tun, es kam von selbst.

Wahrscheinlich hatte sie so viele Tabletten genommen, dass ihr Stuhlgang jetzt so flüssig war wie Wasser und es unmöglich war, es zu halten.

Oh, was war sie doch für ein Schmutzfink! Sie wagte nicht sich anzufassen und musste von dem schrecklichen Gestank würgen, mit dem ihre Haut durchtränkt war. Sie ekelte sich vor sich selbst.

So leise sie konnte ging sie ins Badezimmer. Die komplette Flasche Seife sowie eine Flasche Badeschaum reichten nicht, um ihren Körper völlig zu säubern.

Nachdem sie sicherlich eine Stunde lang geschrubbt und gescheuert hatte – ihr Haut war feuerrot und schälte sich schon an manchen Stellen –, hatte sie noch immer den säuerlichen Durchfallgeruch in der Nase und konnte spüren, wie die warme Flüssigkeit aus ihr floss.

Als sie gegen vier Uhr wieder in ihr Zimmer zurückkehrte, war die Übelkeit vorüber und auch die Bauchkrämpfe hatten abgenommen. Jetzt spürte sie nur noch einen leichten nagenden Schmerz, als ob ihre Gedärme mit klagendem Ton um Gnade flehten.

In ihrem Zimmer überfiel sie derselbe Übelkeit erregende Geruch von eben.

Natürlich! Ihre Laken!

Mithilfe einer kleinen Taschenlampe gelang es ihr, die Bettwäsche fast lautlos abzuziehen und sich in den kalten Flur zu schleichen.

Einen Moment blieb sie unschlüssig mit der stinkenden

Bettwäsche in ihren Armen stehen. Was konnte sie tun? Alles wegwerfen? Nein, das würde ihre Mutter merken. Alles von ihr waschen zu lassen ging erst recht nicht. Sie würde sich alles Mögliche fragen. Niemand hatte so einen Durchfall, nicht einmal jemand mit Bauchgrippe.

Anne seufzte und schlich auf Zehenspitzen nach unten in den Hauswirtschaftsraum. Es blieb ihr nichts anderes übrig, als alles selbst zu waschen und ihr Bett wieder herzurichten, bevor alle aufstanden.

Es war schon sechs Uhr gewesen, als sie endlich wieder in ihrem Bett lag, todmüde und erschöpft. Es war, als hätte der Schmerz, das Leiden der vergangenen Nacht sie völlig ausgeschaltet. Ihre Beine fühlten sich an wie Blei, ihr Kopf dröhnte, ihr Magen knurrte.

Kurz bevor sie einschlief, dachte sie noch daran, dass sie rechtzeitig aufstehen musste. Dann konnte sie etwas früher zur Schule gehen und hatte gerade noch Zeit, bei der Apotheke vorbeizugehen.

Denn sie konnte doch keinen Tag ohne Tabletten sein!

»Kommst du mit etwas essen?«

Amaryllis hüpfte aufgeregt auf und nieder und sah sie bittend an. Anne schüttelte den Kopf. Das war das Letzte, worauf sie Lust hatte, Essen!

»Komm schon! Marijke und Leila gehen auch mit.«

Sie dachte an die Clique völlig übergeschnappter Mädchen, mit denen sie schrecklich gerne zusammen war. Sie wollte wirklich gerne mit, denn es würde bestimmt lustig werden. Aber essen … Es ginge wahrscheinlich … ihre Eltern mussten an diesem Abend zu irgendeinem Geschäftsessen, also würden sie nichts dagegen haben, wenn sie auswärts aß.

Und eigentlich durfte sie sich doch auch mal etwas gönnen. Es war schon Monate her, seit sie zum letzten Mal in einem Restaurant gewesen war.

»In Ordnung, ich komme mit!« Sie lachte, als ihre Freundin ihr einen Kuss auf die Stirn drückte.

»Wir gehen in die Pizzeria an der Ecke! Um halb sieben, einverstanden?«

Anne nickte und sah zu, wie sie hüftschwingend die Straße hinunterging.

Worauf hatte sie sich jetzt schon wieder eingelassen? Ein Abendessen mit ihren besten Freundinnen, während sie ebenso gut zu Hause hätte bleiben können, ohne fieses und fettes Essen. Zu Hause würde Sofie sie nicht zum Essen nötigen können.

Was war sie doch für eine dumme Gans! Da hatte sie ausnahmsweise mal die Chance, nichts zu essen, und dann ging sie freiwillig mit in ein Restaurant!

Aber sie konnte sich die Waage mal kurzfristig aus dem Kopf schlagen. Am Morgen hatte sie schon 49,6 Kilo gewogen, also durfte sie ruhig einmal sündigen.

Außerdem hatte sie richtig Lust auf eine große Pizza mit allem Drum und Dran. Oder auf eine supergroße Portion Spaghetti mit viel Bolognesesoße und extra viel Käse!

Ja, heute Abend würde sie ihre wahnsinnige Diät für kurze Zeit vergessen. Sie wollte einmal einen gemütlichen Abend mit ihren Freundinnen genießen. Wie lange war das eigentlich schon her?

In der letzten Zeit hatte sie sich immer eine Ausrede ausgedacht, um nichts mit ihnen gemeinsam machen zu müssen. Fast jede Woche fragte Lis sie, ob sie zu irgendeinem Fest mitging, aber bislang hatte sie immer babysitten müssen.

Samstagabends kroch Anne sehr früh ins Bett, um nicht an das denken zu müssen, was sie verpasste. Weshalb sie nicht einfach mitging, wusste sie nicht. Sie hatte schlichtweg keine Lust dazu, bis der Moment da war.

Es war, als ob sie kein Vergnügen mehr haben durfte, nicht, solange sie so dick war. Das Kino interessierte sie nicht mehr. Da saßen lauter verliebte Pärchen und sie wollte lieber nicht daran erinnert werden, dass sie für immer und ewig allein bleiben würde.

Früher war sie oft Tennis spielen gegangen, aber das kam nun gar nicht mehr für sie infrage. Sie mit ihren dicken Beinen in einem ultrakurzen Röckchen? Nein, das war Selbstmord. Aber jetzt musste es vorbei sein. Heute Abend würde sie sich amüsieren! Ein einziges Mal würde sie nicht an die verdammten Kilos denken. Wie ihre Freundinnen würde sie lecker italienisch schlemmen, ohne sich über ihren Hintern Sorgen zu machen.

Sie wollte ein einziges Mal wieder normal sein. Diesen einen Abend wollte sie essen, wie sie es früher konnte. Und wenn sie nach der großen Portion noch auf ein Eis Lust hatte, dann würde sie es bestellen. Sie musste sich einmal selbst verwöhnen, morgen würde sie dann wieder richtig hart Diät halten. Und heute Abend konnte sie ein paar Tabletten mehr nehmen.

Als sie um halb sieben am Eingang des Restaurants stand, fühlte sie sich hervorragend. Von Weitem schon sah sie Marijke kommen und hoffte, dass sie gleich hineingehen würden. Sie war durchgefroren von der Kälte!

»Du siehst ja ganz blau aus!« Marijke kniff in ihre rote, kitzelnde Nase. »So kalt?«

Anne nickte und blies warme Luft auf ihre steifen Finger.

»So kalt ist es doch gar nicht! Ich trage noch meine Sommerjacke!« Sie knöpfte ihre Jacke auf und wedelte mit der Hand, als wäre ihr schrecklich warm.

Ja, Anne musste zugeben, dass absolut noch nicht Winter

war. Die Sonne schien noch kräftig und die Temperaturen blieben noch immer weit über dem Gefrierpunkt, sogar nachts. Dennoch zitterte sie bei jedem Windhauch. Ihre dicken Winterpullover hatte sie schon aus dem Schrank geholt und sie trug bereits jetzt ihre Flanellunterwäsche.

Es half nichts. Die Kälte schien in ihr zu sitzen. Wie heute zum Beispiel. Wie konnte es sonst sein, dass sie vor Kälte einging, obwohl sie zwei T-Shirts übereinander trug und darüber einen dicken, selbst gestrickten Wollpullover und eine wattierte Winterjacke?

Zum Glück kamen die anderen wenig später und sie konnten hineingehen. Der Duft frisch gebackener Pizza schlug ihnen entgegen, als sie das spärlich beleuchtete Lokal betraten. Sie wählten einen Platz im Hintergrund und ließen die Kerzen anzünden.

»Das gehört einfach dazu!«, lachte Amaryllis und warf mit einer schwungvollen Geste ihr glänzendes Haar über die Schultern.

Selbst im Halbdunkel sieht sie noch blendend aus, dachte Anne, aber bevor sie Gelegenheit bekam, eifersüchtig zu werden, bekam sie eine Speisekarte in die Hand gedrückt.

»Lasst uns alle eine riesengroße Pizza bestellen!«, kreischte Carmen aufgeregt.

»Mit Pfeffersalami und Paprika?«, fragte Marijke hoffnungsvoll.

»Mit allem!« Die anderen nickten zustimmend.

Einen Augenblick lang zögerte Anne noch. Sollte sie wirklich so viel essen?

Ach, zur Hölle damit! Sie starb fast vor Hunger! Sie könnte sicher zwei Megaportionen futtern!

»Lis, nimmst du auch eine ›Superissimo‹?« Marijke sah sie hinter ihrer Weinkarte hervor an.

Sie schüttelte den Kopf. Mit einem übertriebenen Grinsen

sagte sie: »Ich nehme die kleine Pizza. So einen Flugzeug-
träger schaffe ich sowieso nie. Ich muss schließlich auf meine
Linie achten!«

Die anderen lachten, aber Anne fühlte sich, als wäre ein
schwerer Fels auf ihrem Kopf gelandet. Ihr Magen zog sich
zusammen und ihre Zähne klemmten sich aufeinander.

Wenn die schlanke Amaryllis schon auf ihre Linie achtete,
war es doch unmöglich, dass sie eine große Pizza bestellen
würde! Was sollten sie denn von ihr halten? »So dick und
dann noch eine große Pizza fressen!« Sie durfte gar nicht daran denken! Alle würden sie für einen Vielfraß halten, einen
aufgeschwemmten Fettsack. »Kein Wunder, dass sie so fett
ist, wenn ich sehe, was sie so in sich reinstopft!«

Sie konnte es schon alle sagen hören, flüstern, kichern.

»Was nimmst du?« Leila sah sie neugierig an. Sie fragte sich,
ob Anne wie üblich Spaghetti mit großen Fleischbrocken und
extra viel Käse nehmen würde, so wie früher immer, vor ein
paar Monaten.

Anne zuckte mit den Schultern. »Ich habe keinen Hunger.
Also, ich denke, dass ich den kleinen Tomatensalat nehme.«

Sie merkte, dass sich ihre Freundinnen vielsagend anblick-
ten, aber sie beschloss, es zu ignorieren. Schließlich wusste sie
doch am besten, was sie wollte, oder nicht?

Als der Ober kam und sie mit dem Bestellen an der Reihe
war, zögerte sie kurz. Ein dicker Kloß in der Kehle hinderte
sie am Sprechen. Sie musste sich anstrengen, um nicht loszuheulen. Sie wollte eine Pizza! Sie hatte irrsinnige Lust, einmal
ungeheuer viel zu essen!

Den Blick auf den Boden gerichtet murmelte sie: »Für
mich einen Tomatensalat.«

Weshalb konnte sie jetzt nicht einfach die Pizza bestellen?
Warum verbot sie sich selbst, zu essen, was ihr schmeckte?
Weil du davon dick wirst! O ja, jetzt wusste sie es wieder.

Der Ober räusperte sich und beugte sich zu ihr. »Einen Tomatensalat?«, fragte er ungläubig.

Sie nickte und wagte es nicht einmal, ihn dabei anzusehen. Wusste er vielleicht, dass sie gar keinen Salat wollte?

»Das ist nur eine Vorspeise, Fräulein.«

Anne spürte, wie ihre Wangen rot wurden. »Ja, das ist schon in Ordnung.«

Sie hatte nicht den Mut, aufzusehen. Obwohl sie stolz auf sich war, weil es ihr gelungen war, etwas Gesundes zu bestellen und nichts Fettes wie die anderen, fühlte sie sich nicht wohl. Es war ein bisschen so, als wäre sie die Spielverderberin. Die anderen gingen aus, um gemütlich zu tafeln, und dann kam sie und tat auf gesund. Sie fiel aus dem Rahmen, das wusste sie.

Benimm dich doch normal und nimm eine Pizza!, ging ihnen jetzt bestimmt im Kopf herum. Aber es konnte ihr egal sein, was sie von ihrem Salat hielten. Sie würden morgen allesamt zugenommen haben von ihrer fetten Mahlzeit, sie selbst würde abgenommen haben!

Als sie endlich die Kraft fand, ihre Freundinnen wieder anzusehen, starrten die gleichgültig vor sich hin.

Na fein! Jetzt hatte sie den ganzen Abend verdorben! Sie taugte doch wirklich zu gar nichts!

Die unangenehme Stille wurde von Leila gebrochen, die versuchte ein Gespräch in Gang zu bringen, aber bald schwiegen alle wieder.

Erst als das Essen kam, schienen sie auf Touren zu kommen.

»Ich habe einen Bärenhunger! Darf ich deine Anchovis haben?« Carmen schnappte sich die kleinen grauen Fischchen von Marijkes riesiger Pizza und deponierte sie auf ihrem genauso großen, übervollen Teller. Anne schauderte. Saß sie mit einer Horde Schweine am Tisch? Einer Horde

67

Vielfraße? Hatte Carmen denn noch nicht genug, der Gierschlund?

Sie sah hungrig zu, wie die Mädchen ein Stück dampfendes Essen verspeisten. Das Wasser lief ihr im Mund zusammen. Dann sah sie auf ihre eigene Portion.

Statt einer Riesenpizza, belegt mit Paprika und Champignons, stand eine kleine Schüssel mit ein paar Stücken Tomate und Ei vor ihr. Sie hatte auch noch ein kleines Brötchen und etwas Butter dazu bekommen.

Widerwillig stach sie in das Gemüse und merkte erst dann, dass bereits Öl oder Essig darübergegossen worden waren. Bah! So etwas Fettes brauchte sie erst recht nicht! Dann wog sie morgen wieder dreiundfünfzig Kilo!

Voller Abscheu schob sie die kleine Schüssel von sich und begann an dem trockenen Brötchen zu knabbern.

Ihre Freundinnen klatschten inzwischen über allerlei Dinge. Sie schienen sich prächtig zu amüsieren.

Anne konnte ihre Gedanken nicht bei dem Gespräch halten. Das duftende Essen lenkte ihre Aufmerksamkeit immer wieder ab. Ständig schwebte ihr vor, wie herrlich es sein würde, in die große Pizza zu beißen. Neidisch beobachtete sie ihre Freundinnen. Wie machten sie das bloß? So viel zu essen und trotzdem schlank zu bleiben?

Amaryllis und Marijke begannen laut zu lachen. Leila saß betreten daneben. Wahrscheinlich zogen sie sie wieder mit ihrem neuen Freund auf. Wenn es um Jungs ging, lachten sie sich immer schief. Jetzt hatte Anne keine Ahnung, worum es ging. Es war ihr egal. Wenn sie morgen bloß weniger auf die Waage brachte.

»Du isst sehr wenig in letzter Zeit, Anne. Ich mache mir Sorgen!«

»Lis, hör auf zu spinnen! Ich esse wirklich genug!« Sie lachte gekünstelt und wandte ihrer Freundin den Rücken zu, denn man konnte ihr ansehen, dass sie log.

»Du bist immer noch auf Diät, stimmts?« Amaryllis stellte sich neben sie und betrachtete den dünn gewordenen Körper ihrer besten Freundin.

Anne zuckte mit den Schultern. »Als ob diese idiotische Diät etwas helfen würde!« Am Morgen hatte sie wieder dreihundert Gramm mehr gehabt, so wenig aß sie also gar nicht.

»Diese Diät dauert ziemlich lange, oder?« Da schwang etwas Bissiges in ihrer Stimme mit.

»Was meinst du?« Anne fühlte sich unwohl.

»Du bist schon seit drei Monaten am Abnehmen, Anne!« Sie griff nach ihrem Ellbogen und zog sie an sich.

»Und? Siehst du schon was davon? Nein!« Gekränkt wandte sie ihren Blick ab.

Worum kümmerte sie sich? Sie konnte doch wohl selbst entscheiden, ob sie abnehmen wollte oder nicht. Amaryllis brauchte sich doch nicht um ihr Leben zu kümmern!

Ihre Freundin stellte sich nun dicht vor sie und sah sie durchdringend an. »Wie viel Kilo hast du abgenommen?«

»Und du? Wie viel hast du weniger?« Anne war wütend. Wie konnte sie es wagen, so etwas zu fragen!

Amaryllis lachte spöttisch.

»Ich? Ich bin nicht auf Diät, Anne! Und wenn du es wirklich wissen willst, vor vier Monaten wog ich fünfundfünfzig Kilo und die habe ich immer noch!«

»Du lügst!« Innerlich lächelte sie. Endlich wog sie weniger als ihre Freundin! Dünner war sie noch nicht, aber das würde wohl auch noch kommen!

»Wie viel Kilo, Anne?« Ihre Stimme war eindringlich. Anne zuckte mit den Schultern und sah ihre Freundin vernichtend an. Sie würde es ihr nie sagen. Denn dann würde Amaryllis auch anfangen abzunehmen und sie durfte nicht

69

dünner werden! Nie! Anne schwang ihre Schultasche auf den Rücken und verließ das Klassenzimmer.

»Anne! Ich habe dich etwas gefragt!«

Sie drehte sich um und lächelte.

In ruhigem Ton antwortete sie: »Lis, mach dir mal keine Sorgen, ja? Wir reden ein anderes Mal weiter. Jetzt muss ich zur Toilette.«

Sie ließ ihre Freundin zurück und rannte zur Toilette. Gerade noch rechtzeitig. Keine Sekunde später krümmte sie sich vor Bauchschmerzen und braune Flüssigkeit sickerte aus ihrem Körper.

Seufzend zog Anne ihren Schlafanzug wieder an und ging in ihr Zimmer. Schon wieder nichts abgenommen! So ging das nicht weiter! Auf diese Weise erreichte sie nie im Leben ihr angestrebtes Gewicht!

Immer wenn sie etwas weniger als ein Kilo davon entfernt war, fraß sie an dem Tag entsetzlich viel und ihr Gewicht schoss wieder in die Höhe.

Weniger essen war unmöglich. Morgens musste sie das eine Butterbrot aufessen, das ihre Mutter ihr machte, sonst riefen sie gleich einen Spezialisten dazu. Mittags schaffte sie es jetzt, Sofie aus dem Weg zu gehen, sodass sie ihr Mittagessen wegwerfen konnte.

Aber da war immer noch das Abendessen. Dieses verdammte, große, fette Abendessen. Suppe, zwei Kartoffeln, vier Löffel Gemüse, ein großes Stück fettes Fleisch und ein zuckersüßes Dessert. Niemand würde bei so einer Diät abnehmen!

Nein, es gab keine andere Lösung, als die Abführmitteldosis zu erhöhen. Ihre Gedärme waren jetzt an fünf Tabletten pro Tag gewöhnt und ihr Körper reagierte nicht mehr auf den übermäßigen Feuchtigkeitsverlust. Dann wurden es eben von jetzt an zehn!

Sie seufzte. Ihr Geld war fast komplett ausgegeben. Nicht zu glauben, wie viel vierzig armselige Tabletten kosteten! Und damit würde sie in Zukunft nur noch vier Tage lang auskommen!

Sie musste auch jedes Mal eine andere Apotheke finden – angenommen, sie würde jede Woche in dieselbe gehen! Sie würden sie alles Mögliche fragen, sich weigern, ihr die Tabletten zu verkaufen! So ein Risiko durfte sie nicht eingehen.

»Anne, kommst du mit zu Sam und Samantha?« Ihre Mutter stand unten an der Treppe und brüllte sich die Lunge aus dem Leib.

Anne seufzte und dachte an ihren Cousin und ihre Cousine. Sie mochte die Kleinen sehr. Sie war jedes Mal aufs Neue fasziniert, wie sich die beiden ohne Worte verstanden. Aber schließlich waren sie ja auch Zwillinge.

Manchmal wünschte sie sich, sie selbst hätte auch eine Zwillingsschwester. Dann gäbe es wenigstens jemanden, der sie verstand. An Sofie hatte sie ja doch nicht viel. Sie war eher eine Rivalin, jemand, auf den sie grässlich eifersüchtig war.

Schon immer hatte Amaryllis ein bisschen ihre Zwillingsschwester gespielt. Ihr ganzes Leben hatten sie gemeinsam verbracht. Seit sie sich zum ersten Mal im Kindergarten gesehen hatten, waren sie die besten Freundinnen. Je älter sie wurden, desto enger war die Freundschaft geworden. Es gab einmal eine Zeit, in der sie sich gegenseitig alles erzählten.

Jetzt schien eine Kluft entstanden zu sein. Anne wollte wirklich noch gerne Amaryllis' beste Freundin sein, aber sie hatte das Gefühl, niemandem mehr vertrauen zu können. Diese Diät war ihr Geheimnis, und wenn sie es jemandem erzählte, selbst wenn es ihre beste Freundin war, konnte das ernsthafte Folgen haben.

»Kommst du?« Ihre Mutter stand jetzt im Türrahmen und riss Anne aus ihren Gedanken.

»Nein, ich bleibe zu Hause.« Sie erwartete Protest, aber ihre Mutter nickte nur und verließ das Zimmer.

Anne plumpste auf ihr Bett. Eine Träne rollte ihr über die Wange. Es war so lange her, seit sie die Kleinen zum letzten Mal gesehen hatte. Aber sie wusste, dass ihre Tante ein Festessen vorbereitet hatte, und das konnte sie im Moment nicht ertragen. Heute Morgen hatte sie immerhin schon zwei Buttercroissants gegessen und das war mehr als genug für den Rest des Tages.

Sie starrte geistesabwesend an die Decke. In zwei Wochen war Weihnachten. Wie jedes Jahr würden sie ein riesiges Weihnachtsessen vorbereiten mit allem, was dazugehört. Ihr wurde bewusst, dass sie es nicht würde vermeiden können.

Eine Welle der Verzweiflung stieg in ihr auf. Den ganzen Tag würde sie essen müssen! Gegen Mittag begannen sie schon mit ekelhafter rahmiger Kürbissuppe, gefolgt von einem großen Krabbensalat. Danach gab es »gebratene Ente in Mandarinchen«, eine fette Angelegenheit mit furchtbar viel Fleischsaft darüber.

Als hätten sie noch nicht genug gefressen, kam dann das Hauptgericht: gefüllter Truthahn mit Preiselbeeren und Kastanienpüree. Gegen fünf Uhr wurde dann jedem eine riesengroße Schüssel Schokoladenrahmeis vor die Nase gestellt und hinterher gab es noch einen Cappuccino mit kräftig gesüßter Schlagsahne und ein paar Pralinen.

Es war ein Albtraum. Wie in Gottes Namen konnte ein Mensch an einem einzigen Tag so viel essen? Und das Schlimmste war, dass jedes Jahr schrecklich viele Reste übrig blieben, die sie in den Tagen nach Weihnachten aufessen mussten. Das bedeutete mindestens drei Tage scheußliche Nahrung verarbeiten, die nichts anderes als überflüssige Kalorien, Fette und Zucker enthielt!

Sie würde zehn Kilo zugenommen haben nach den Feiertagen! All die Mühe, die sie sich jetzt gab, vergebens! Nein, das würde sie nicht zulassen! Sie würde rechtzeitig ein paar Schachteln Abführmittel kaufen und dann hatte sie einen Vorrat für die Feiertage. Wenn sie dann ungefähr zwanzig Tabletten einnahm, würde sie vielleicht nicht so schrecklich zunehmen. Sie stand auf und griff nach einem Stück Papier. Fieberhaft begann sie auszurechnen, wie viele Tabletten sie kaufen und wie viel Geld sie irgendwie zusammenkriegen musste.

Der Herz rutschte ihr in die Hose, als die Zahl auf dem Taschenrechner erschien. Fünf Schachteln! Vorausgesetzt, dass sie vierzig Tabletten enthielten, denn manchmal bekam sie nur zwanzig oder dreißig. Fünf Schachteln! Dafür reichte ihr Geld auf keinen Fall!

Entsetzt sank sie in sich zusammen. Sie sah sich im Zimmer um. Wie konnte sie an Geld kommen und das so schnell wie möglich?

Ihr Blick fiel auf eine kleine braune Kiste auf Sofies Schreibtisch. Nein, das konnte sie doch nicht machen! Ihre eigene Schwester bestehlen!

Sie stand auf und ging zur anderen Zimmerseite. Mit angehaltenem Atem öffnete sie das Holzkistchen und starrte auf die Geldscheine.

Sie brauchte sie nur zu nehmen, das war alles. Dann war ihr Geldproblem gelöst und ihr Gewichtsproblem ebenfalls. Aber Sofie bestehlen?

Sie schüttelte den Kopf. Es war kein richtiges Stehlen, sagte sie sich. Sie würde es irgendwann einmal bestimmt zurückzahlen, dann war es eigentlich leihen. Übrigens hatte Sofie Geld genug, sie würde es nicht einmal merken, dass etwas fehlte.

Mit zitternden Händen nahm sie einen Schein aus dem Kistchen und stopfte ihn schnell in ihre Tasche. Sie fühlte sich schlecht, entsetzlich schlecht. Wie tief war sie gesunken, dass sie ihrer eigenen Familie Geld stehlen musste? Nein, es war leihen! Das durfte sie nicht vergessen. Leihen. Außerdem war es nicht ihre Schuld, dass sie zur Diebin wurde. Wenn ihre Eltern sie einfach machen ließen, würde sie keine Tabletten brauchen und kein Geld. Es war ihre Schuld. Wenn Sofie merkte, dass Geld fehlte, wären in Wirklichkeit sie die Diebe. Dieser Gedanke beruhigte Anne etwas.

Etwas verloren stand sie im Zimmer. Was sollte sie machen? Alle waren bei Sam und Samantha, das Haus war leer.

Nach unten gehen konnte und wollte sie nicht, denn sie würde sich bestimmt nicht beherrschen können, wenn sie das Gebäck sah, das auf der Anrichte stand.

Gelangweilt schlenderte sie ins Badezimmer. Bin gespannt, wie viel ich jetzt wiege!, dachte sie und begann sich langsam auszuziehen.

»Nimm die blaue!« Ihre Mutter zeigte auf eine blaue Satinbluse und sah Anne entschlossen an.

Anne schüttelte den Kopf. »Die finde ich nicht schön. Ich will die gelbe!«

»Damit siehst du aus wie ein Kanarienvogel, Liebes. Nimm ruhig die blaue.«

Anne seufzte. Die jährlichen Weihnachtseinkäufe hatten begonnen. Sie hasste sie!

Jedes Jahr durfte sie sich neue Kleidung aussuchen, aber jedes Mal kam sie mit etwas nach Hause, was ihre Mutter ausgesucht hatte. Es hatte überhaupt keinen Sinn, sich dagegen zu wehren. Ihre Mutter gewann immer die Oberhand.

»Mama, die blaue steht mir nicht gut. Die Rüschen am Kragen sind lächerlich!«

Sie schämte sich jetzt schon. Ihre Wangen färbten sich rot bei dem Gedanken, mit einem kitschigen Puppenblüschen herumlaufen zu müssen.

Ihre Mutter griff sich an die Stirn und kniff die Augen fest zu, als hätte sie berstende Kopfschmerzen. »Anne, weshalb machst du es mir immer so schwer? Kannst du denn nicht so sein wie Sofie?«

Irgendwann einmal, Mama!, dachte Anne und starrte bestürzt auf den Boden. Schon wieder war Sofie das Vorbild! Einfach weil sie immer die Dinge tat, die ihr die Mutter auftrug. Sofie war immer schon Mamas Liebling gewesen, immer brav und gehorsam. So konnte sie nicht leben! Sie hatte doch das Recht, zu sagen, dass ihr die blaue Bluse nicht gefiel!

»Ich hätte gerne die gelbe, Mama.« Vorsichtig versuchte sie ihren Wunsch begreiflich zu machen. Aber es hatte keinen Sinn.

Ihre Mutter zuckte mit den Schultern. »Die steht dir nicht und jetzt hör auf damit.«

»Und die weiße? Wie wäre es mit der?« Wenn sie schon nicht nehmen durfte, was ihr gefiel, sollte sie besser etwas weniger Lächerliches probieren. Für die Rüschen fand sie sich mindestens zwölf Jahre zu alt.

Hoffnungsvoll zeigte sie auf eine feine Baumwollbluse. Die war zwar genauso hässlich wie die blaue, voller Kupferknöpfe und auf der Vorderseite mit kleinen Perlen bestickt, aber wenigstens gab es keine Spitzenränder.

Ihre Mutter betrachtete das Kleidungsstück und meinte achselzuckend: »Für Weiß ist deine Haut viel zu blass.«

Sie biss sich auf die Lippen und sagte dann in wehmütigem Ton: »Dann nimm eben die gelbe. Mach, was du willst. Hör nicht auf mich, ich bin ja sowieso nur deine Mutter.«

Sie drehte sich um und ging zu einem Ständer, an dem eine Vielzahl verschiedener Röcke hing.

Durch und durch schlecht, so fühlte sich Anne jetzt. Ihre Mutter hatte eigentlich schon recht. Sie nahm überhaupt keine Rücksicht auf ihre Meinung und schließlich und endlich war Mama viel klüger.

Wenn jemand viel über Kleidung wusste, dann sie! Was, wenn ihre Mutter wirklich recht hatte und ihr die gelbe Bluse tatsächlich nicht stand? Dann hatte sie ganz schön das Nachsehen, wenn sie ihren Willen durchsetzte!

Nein, sie sollte besser auf sie hören. Wenn die Rüschen wirklich so lächerlich wären, würde ihre Mutter nie wollen, dass sie die Bluse kaufte.

Welche Mutter würde schon ihr Kind lächerlich machen wollen?

Sie zog ihre Kleider wieder an, hing die gelbe Bluse weg und lief mit der blauen zur Kasse.

Als sie kurz darauf draußen stand, fragte ihre Mutter: »Darf ich wissen, für welche du dich entschieden hast?« Ihre Laune ähnelte immer noch einem Gewitterschauer.

»Für die blaue.«

Auf dem Gesicht ihrer Mutter erschien ein Lächeln. »Ich wusste, dass du auf mich hören würdest! Bist du jetzt zufrieden mit deiner Wahl?«

Anne nickte kaum merklich und lächelte schwach. Ihre Wahl?!

Ihre Mutter umarmte sie und drückte ihr einen zärtlichen Kuss auf die Stirn. »Lass uns etwas essen gehen.«

Anne schüttelte den Kopf. »Ich habe keinen Hunger.«

Das war *ihre* Wahl.

»Ah, bah! Ich mag keine Lasagne!«

Sie log. Früher hatte sie sich vor Lasagne geekelt, aber die Zeit war schon seit Monaten vorbei. Im Moment schien ihr alles zu schmecken.

»Wenn man Hunger hat, isst man alles«, sagten sie ab und an. Das stimmte!

Manchmal kam sie von der Schule nach Hause und hatte fürchterliche Lust auf Pfefferkuchen, etwas, was sie früher nicht riechen konnte.

Reis mit Currysoße bekam sie früher auch nicht runter, jetzt leckte sie sich genüsslich die Lippen, wenn man es ihr vorsetzte.

Natürlich sagte sie immer noch, dass sie all diese Dinge nicht mochte, eine perfekte Entschuldigung, um nicht allzu viel davon essen zu müssen.

Sie stocherte mit langem Gesicht in der Lasagne herum und nahm kleine Bissen. Mmmh, schmeckte das gut! Sie könnte den Inhalt der gesamten Schüssel verputzen! Warum hatten ihr die Sachen früher nie geschmeckt? Damals hätte sie davon essen können, jetzt nicht mehr!

Sie biss grimmig die Zähne zusammen. Wie kam es bloß, dass es nichts mehr gab, vor dem sie sich ekelte? Selbst Ziegenkäse sah lecker aus!

Je mehr sie sich anstrengte, die Finger von jeglicher Nahrung zu lassen, umso mehr schmeckte es ihr!

Sofie mochte manche Dinge gar nicht, wie Joghurt, davon aß sie also nichts. Warum ging es ihr nicht auch so? Warum musste nun ausgerechnet sie auf alles Lust haben? So würde sie es nie schaffen, wenig zu essen.

Wenn sie hörte, dass ihre Mutter Spinat machte, sprang sie vor Freude in die Luft. Sie schüttelte sich vor den ekligen grünen Schlieren und musste sich deshalb nicht besonders anstrengen, nicht allzu viel davon zu essen. Aber wenn sie nach tagelangem Hungern das grüne Zeug probierte, schmeckte es himmlisch!

Es gab Tage, da schleckte sie sich alle zehn Finger nach Paella ab. In solchen Momenten führte sie einen heftigen Kampf mit sich selbst. »Pfui Teufel! Gib mir nur einen kleinen Löffel voll.«

Es gab sogar Tage, da bekam sie Lust auf Salami, dieses fette Fleisch von einem fetten Schwein! »Was möchtest du auf dein Butterbrot haben? Salami?«

Mmmh, ja, das würde wirklich mal schmecken! »Nein! Du weißt doch, dass ich nicht gerne Salami esse!«

Ihre Mutter holte sie aus ihren finsteren Gedanken. »Willst du noch ein Stück Lasagne?«

Jaja, noch ein großes Stück für sie, mit viel Soße!

»Nein danke. Ich muss das hier schon hineinzwingen.«

»Du weißt nicht, was du verpasst!«, lachte Sofie und nahm noch eine Portion.

O doch, Sofie, dachte Anne bitter, ganz bestimmt weiß ich das.

Mit wässrigem Mund und knurrendem Magen starrte sie auf die Glasschüssel. Nein, sie durfte nichts mehr nehmen. Alle dachten, dass es ihr nicht schmeckte, und außerdem hatte sie jetzt einmal die Gelegenheit, wenig zu essen. Die ließ sie sich nicht so einfach verderben!

Sie dachte an den Ausflug, den sie vergangene Woche mit Elke und Tine, den Nachbarmädchen, gemacht hatte. Zu dritt waren sie in der Stadt gewesen, um Weihnachtsgeschenke für ihre Mütter zu besorgen. In einer der Geschäftsstraßen hatte eine Bude mit herrlich duftenden, frisch gebackenen Waffeln gestanden.

Elke und Tine hatten sich jeweils eine große Waffel gekauft. Sie hatte abgelehnt.

»Da geht sie hin, meine Diät! Ich wollte, ich könnte das auch, ›Nein‹ sagen«, hatte Elke gelacht. »Wenn man keine Süßigkeiten mag, ist es leicht, die Finger davon zu lassen und abzunehmen!«

Ein unangenehmes Gefühl hatte sie da beschlichen. Sie hatte ein Geheimnis. Niemand hatte eine Ahnung davon, was wirklich in ihr vorging! Niemand wusste, dass sie sich geradezu nach einer Waffel sehnte, dass sie versessen war auf Süßigkeiten und dass es furchtbar schwierig war, davon zu lassen!

Alle Leute in ihrer Umgebung hielten sie für jemanden, der etwas Süßes problemlos ablehnte. Jeder beneidete sie, dachte, sie hätte nie Lust auf Süßes.

Unsinn! Was für Schmerzen musste sie dafür leiden! Wie oft lag sie abends im Bett und weinte, weil sie so eine schreckliche Lust auf Eiscreme mit Schlagsahne hatte, es sich aber einfach nicht gönnte?

Wie oft hielt sie den Atem an, wenn sie bei einem Bäcker vorbeikam, nur um nicht mit sich selbst kämpfen zu müssen? Wenn sie das herrliche Gebäck nicht roch, empfand sie zumindest nicht den unwiderstehlichen Drang, hineinzugehen.

Wie oft schloss sie krampfhaft die Augen bei Fernsehreklame über Kekse, Schokolade und große Hamburger von Fast-Food-Restaurants!

Nein, es war alles andere als eine leichte Diät. Schmerzlos war sie ebenso wenig, denn die zehn Tabletten täglich taten ihre Arbeit. Etwa eine halbe Stunde nach jeder Mahlzeit bekam sie heftige Krämpfe und dann dauerte es nicht lange, bis ihre Därme leerliefen.

Sie wusste nun, dass sie, wenn sie die Tabletten vor dem Schlafengehen nahm, die ganze Nacht auf der Toilette verbringen musste. Das war nicht mehr auszuhalten und daher nahm sie sie nun mittags. Dann fingen sie gegen sieben Uhr abends optimal zu wirken an und das traf sich gut mit dem Abendessen.

Obwohl sie stolz darauf war, dass es ihr immer noch gelang, weiter abzunehmen – sie wog jetzt schon neunundvierzig Kilo –, begann die ganze Geschichte sie allmählich zu ermüden. Sie wurde es mit der Zeit leid, ganze Tage Theater spielen zu müssen, wie sie es tat.

Für die Außenwelt war sie eine ganz andere Anne. Ein schwungvolles Mädchen, das eine Zeit lang nicht hatte essen wollen, jetzt aber wieder ganz in Ordnung war, ein Mädchen wie alle anderen.

Sie war nicht wie alle anderen.

Jeden Abend, wenn sie im Bett lag, war sie froh, dass sie einen Augenblick wieder sie selbst sein konnte, während sie ihr Tagebuch führte. In das dicke grüne Heft schrieb sie, wie sie sich wirklich fühlte – allein, unverstanden, ungeliebt und entsetzlich fett – und wie viel Schmerz und Kummer sie hatte.

Sie hatte das Heft Lilly genannt, weil sie eine Freundin brauchte. Lilly konnte sie alles erzählen. Sie bedeutete keine Bedrohung, sie war keine Rivalin.

In Gedanken stellte sie sich Lilly als molliges Mädchen mit schwarzen, glatten Haaren, dicken Brillengläsern und einer viel zu großen Nase vor. Wenn sie dann in ihr Tagebuch schrieb, fühlte sie sich für einen ganz kurzen Moment nicht wie das hässlichste Entlein.

Lilly wurde ihre beste Freundin. Sie hörte stundenlang zu, wenn es sein musste, und gab nie Antwort, sie ließ Anne einfach gewähren. Lilly verlangte nichts von ihr.

Dennoch versuchte Anne ihr jeden Tag zu schreiben. Nach einiger Zeit schien es wie eine Verpflichtung, die Ereignisse des Tages aufzurollen.

Manchmal fühlte sie sich so schlecht, dass Schreiben zu viel Mühe kostete. Dann tat Denken weh. Sogar Sehen und Atmen tat manchmal weh. Das Leben tat ihr weh.

Manchmal konnte sie einfach nicht mehr. Dann war sie so müde, lebensmüde, dass sie sich in die Finger stach und ein paar Tropfen Blut auf die Seite tropfen ließ.

So wusste Lilly wenigstens, wie sie sich fühlte, und Anne hatte nicht das Gefühl, ihre Freundin im Stich zu lassen.

»Dein Gedicht war sehr schön!«, sagte Alex leise und sah ihr direkt in die Augen. »Mertens hätte dir eine Eins mit Sternchen geben müssen! Es war wirklich gut!«

Er lächelte noch einmal und ließ sich von seinem Freund mitziehen, weg von ihr.

Sie starrte ihm verblüfft nach. Das konnte doch nicht wahr sein! Alex, der mit ihr sprach! Alex, der ihr zulachte! Sollte sich ihre große Hoffnung erfüllen? Sollte sie doch so viel abgenommen haben?

Sie selbst war nicht dieser Ansicht. Im Spiegel wirkte sie noch genauso fett wie vor vier Monaten.

Natürlich merkte sie auch an ihrer Kleidung, dass sie etwas dünner geworden war, denn alle Hosen rutschten und ihre Pullover hingen wie Säcke um ihren Körper.

Aber so viel, dass er sich auch in sie verliebt hatte?

Nein, dafür würde sie noch ein paar Kilo verlieren müssen. Sie sah immer noch nicht aus wie Amaryllis. Und erst recht nicht wie Schiffer und Crawford.

»Woran denkst du?« Wenn man vom Teufel sprach … Amaryllis plumpste auf die grüne Bank, ihre grüne Bank.

Anne zuckte mit den Schultern. »Jungen und so …« Sie sah ihre Freundin geheimnisvoll an und überlegte, dass sie gar nicht so übel war. Solange sie nicht mit Reden über Essen und Diät nervte, lief nichts verkehrt und sie konnten noch genauso gute Freundinnen sein wie früher.

»Lass mich raten … Jeff!«

Anne schüttelte den Kopf. Ihre Augen strahlten. Es war lange her, seit sie ihr zum letzten Mal etwas erzählt hatte.

»Doch nicht etwa Tom Sijssen, oder?«

»Sein Name fängt mit A an …«

Amaryllis' Gesicht verdüsterte sich. Sie legte die Hand auf Annes Arm und flüsterte: »Schlag dir Alex aus dem Kopf!«

»Warum? Ich glaube, dass es vielleicht klappen wird. Er

ist zu mir gekommen, um mit mir zu reden, und er lachte sogar!« Sie konnte ihre Aufregung nicht unterdrücken.

»Denkst du etwa, er liebt dich, weil er dir zugelacht hat?«

»Nein, nicht nur deshalb. Aber …«

Amaryllis ließ sie nicht aussprechen und befahl ihr in nachdrücklichem Ton: »Schlag ihn dir aus dem Kopf, Anne! Vergiss ihn, bitte.«

Anne erschrak vor ihrer Entschlossenheit. Was war mit ihr los?

»Lis, warum? Er fand mein Gedicht schön!«

»Vergiss ihn! Tu es für mich! Ich kann es nicht erklären!« Ihre Stimme klang verzweifelt.

Anne seufzte und sah zu Boden. Sie nickte bedrückt. Was sollte sie sonst tun? Es schien so wichtig für Amaryllis, wie konnte sie ihr das als bester Freundin abschlagen?

»Gut so, Anne. Du tust gut daran. Versprichst du mir, dass du ihn dir aus dem Kopf schlägst?« Sie kniff sie freundschaftlich.

»Ich verspreche es.«

Als ihre Freundin dann weg war, schielte sie vorsichtig nach Alex. Oh, das würde schwierig sein! Er sah so gut aus – und er mochte ihr Gedicht! Endlich wurde sie einmal von einem Prinzen bemerkt und jetzt hatte sie Lis versprochen, ihn zu vergessen.

Innen nagte etwas. Es hätte Hunger sein können, aber diesmal war es etwas anderes. Eine Menge Fragen.

Es läutete und sie stand auf. Sie würde an Alex vorbeimüssen, um ihre Schultasche zu holen, wurde ihr klar. Was sollte sie jetzt machen? Ihn ignorieren, für Amaryllis? Oder ihn ansehen, mit ihm lachen, für sich und für ihn?

Die Entscheidung wurde ihr abgenommen, denn er kam auf sie zu und sagte: »Die Jungs und ich gehen am Samstag ins Kino. Leila und Marijke kommen auch. Hast du Lust?«

Sie fühlte, wie ihre Beine weich wurden. Er musste doch

etwas für sie empfinden. Warum fragte sonst ausgerechnet er, ob sie mitkommen wollte?

Sie zögerte. Konnte sie ihr Versprechen brechen?

In dem Moment sah sie Amaryllis näher kommen und da wusste sie es sofort. Freundschaft war tausendmal wichtiger als Liebe. Wenn sie Alex nachgeben würde, hätte sie vielleicht zum ersten Mal in ihrem Leben einen festen Freund, aber sie würde Amaryllis verlieren. Das würde sie nicht überleben.

Im Übrigen würden Alex und sie nach einer gewissen Zeit doch auseinandergehen und dann stand sie ganz allein da, ohne Amaryllis, bei der sie sich ausheulen könnte.

»Tut mir leid. Ich muss babysitten.« Wie weh das tat!

Er lächelte und meinte achselzuckend: »Dann ein anderes Mal.«

»Ja«, flüsterte sie betrübt, denn sie wusste, dass es kein anderes Mal geben würde.

Als sie wieder bei Amaryllis stand, sagte sie vorwurfsvoll: »Da geht sie hin, meine erste Liebe! Merk dir gut, dass ich das für dich tue!«

Amaryllis nickte kaum. Sie fühlte sich genauso schlecht wie ihre Freundin. Aber sie konnte ihr doch unmöglich erzählen, dass Alex sich für sie interessierte! Nicht gerade jetzt, wo Anne so schlecht drauf war.

Nein, sie mussten gute Freundinnen bleiben. Anne musste ihr wieder vertrauen, damit sie erfuhr, was wirklich mit ihr los war. Sie sah nicht gesund aus und sie weigerte sich darüber zu sprechen.

»Lass uns die Jungs mal kurzfristig vergessen und eine Kleinigkeit essen gehen. Ganz gemütlich, nur wir beide.«

Anne nickte. Sie brauchte eine Freundin. Sie brauchte Amaryllis. Erst jetzt wurde ihr klar, dass Amaryllis alles für sie bedeutete. So war es immer gewesen und so sollte es immer bleiben.

»Was nimmst du?«

Amaryllis runzelte die Augenbrauen und studierte aufmerksam die Speisekarte. »Ich glaube, ich probiere die Spaghetti mit den Meeresfrüchten. Und du?«

Anne schüttelte den Kopf. »Ich nehme nichts. Ich habe noch keinen Hunger und ich muss gleich zu Hause noch essen.«

Amaryllis sah ihre Freundin enttäuscht an. »Du hättest ihnen doch bestimmt sagen können, dass du mit mir jetzt essen gehst!«

»Habe ich getan. Aber meine Mutter probiert heute ein neues Rezept aus und sie möchte, dass ich davon esse.«

Fantasie hatte sie immer im Überfluss gehabt. Das kam ihr jetzt gerade recht.

Amaryllis bestellte und schlug dann die Arme übereinander. »Wir müssen mal wieder etwas mehr miteinander sprechen, Anne. Unsere Freundschaft gerät ein bisschen in den Hintergrund.«

Anne nickte gleichgültig und starrte auf den Tisch zu ihrer Linken. Dort saß ein dicker Mann, sie schätzte ihn Ende vierzig, und aß mit großen, gierigen Bissen von einer riesengroßen Mahlzeit.

Du fetter Kerl, dachte sie voller Abscheu, warum frisst du denn noch so viel, wenn du schon so dick bist? Von ihrem Platz aus konnte sie eine große Schüssel stehen sehen, in die gerade Fritten nachgefüllt wurden. Auf seinem Teller lag ein ganzer Haufen Fleischbrocken, die mit einer dicken, braunen Soße übergossen waren. Auf dem Tellerrand prangte ein dicker Klecks Mayonnaise neben dem rohen Gemüse, das er nicht anrührte.

Als der Mann einen großen Bissen Fleisch in den Mund schob, tropfte Soße von seinem Kinn und angeekelt wandte Anne den Blick ab.

Sie musste schnell an etwas anderes denken, bevor sie würgen musste. Sie wandte sich Amaryllis zu.

»Gehen wir am Samstag ins Kino?«

»Möchtest du das denn?« Amaryllis sah ihre Freundin ungläubig an.

»Ja. Warum nicht? Wir sind doch Freundinnen.«

Amaryllis zuckte mit den Schultern. »In der letzten Zeit viel weniger gute. Früher erzählten wir uns immer alles.«

Der Ober brachte die Spaghetti und für einen Moment herrschte Stille. Anne spürte ein Kribbeln im Bauch, als ihre Freundin zu essen anfing. Sie würde hungern, abnehmen, während ihre Freundin hier wunderbar viele Kalorien zu sich nahm! Ein herrliches Gefühl!

»Jetzt reden wir doch auch über alles?« Sie sah amüsiert zu, wie ihre Freundin noch etwas mehr Käse nahm.

Amaryllis schüttelte den Kopf. »Nicht alles.«

»Oh, du hast ein Problem damit, dass ich dir nicht alles über meine Diät erzähle, ist es das?« Anne lachte. Eigentlich wollte sie ihr gerne alles erzählen. Sie wollte ihr sagen, wie wenig sie aß, wie viel Kilo sie schon verloren hatte, wie viele Tabletten sie pro Tag schluckte …

»Ja, ich habe damit ein Problem. Es ist, als würdest du mich ausschließen.« Amaryllis nahm einen großen Schluck Limonade.

Anne nippte an ihrem Mineralwasser.

»Überhaupt nicht! Ich wüsste einfach nicht, was ich sagen sollte. Ich bin auf Diät. Punkt, aus, Ende.«

»Bist du sicher, dass es nichts anderes ist? Du kannst mir immer alles erzählen, das weißt du.«

»Ja, das weiß ich. Und das werde ich auch tun, zumindest wenn es etwas gibt.«

Amaryllis wischte sich mit der Serviette die Lippen sauber und sah ihre Freundin eindringlich an.

»Darf ich wissen, wie viel du abgenommen hast?«

»So ungefähr zehn Kilo.«

Amaryllis hörte auf zu knabbern. In ihren Augen lag ein seltsamer Ausdruck. Neid?

»Zehn?«

»Ja, vielleicht etwas mehr.« Die Vorstellung, dass Amaryllis sie beneidete, gefiel ihr.

»Wie machst du das bloß?« In ihrer Stimme war tatsächlich Bewunderung zu hören.

Anne zuckte mit den Schultern.

Das würde sie ganz bestimmt nicht verraten! Möglicherweise begann ihre Freundin dann auch eine Diät. Dann könnte sie nie schlanker als Amaryllis werden.

»Ach, einfach so.« Sie hoffte inständig, dass ihre Freundin noch einen Nachtisch bestellen würde.

»Hier, möchtest du noch ein bisschen Käse?«, fragte sie, und ohne auf eine Antwort zu warten, streute sie die halbe Schüssel Parmesan über die Spaghetti.

»Ich habe gehört, das Sahneeis mit Nüssen ist hier sehr gut.« Sie wollte Amaryllis den Mund wässrig machen.

»Dann nimm du doch ein Eis!«

Anne schüttelte entschieden den Kopf. »Dann kann ich gleich nichts mehr essen. Nein, probier mal eines nach deinen Spaghetti.«

»Nein danke, ich bin jetzt schon satt. Diese Portion ist viel zu groß.« Amaryllis legte ihr Besteck hin und wischte sich den Mund ab.

»Hast du jetzt schon genug?«

»Ich bin voll bis oben hin, glaub mir.«

Anne glaubte es ihr, denn sie hatte mehr als die Hälfte aufgegessen, aber trotzdem fühlte sie sich dabei nicht gut. Amaryllis hatte noch nicht genug gegessen.

»Ein Eis passt bestimmt noch rein!«

»Nein, wirklich nicht.«

Blöde Ziege! Warum nahm sie jetzt kein Dessert? »Es ist sehr gut, nimm doch wenigstens ein kleines.«

Amaryllis schüttelte den Kopf. »Ich bin pappsatt.«

Anne trank verärgert noch einen Schluck aus ihrem Glas und stand dann auf.

»Wohin gehst du?«

»Nach Hause«, antwortete Anne schroff. »Ich hätte eigentlich schon vor zehn Minuten zu Hause sein müssen.«

Sie hatte keine Lust mehr, noch länger bei jemandem am Tisch zu sitzen, der doch nichts aß. Sie war diejenige, die nie ihren Teller leer machte! Sie war das Mädchen, das zu wenig aß! Sie war diejenige, die abnehmen durfte! Sie musste die Schlankste, die Dünnste sein!

Als sie zehn Minuten später nach Hause kam, saßen noch alle am Tisch.

»Isst du mit?« Ihre Mutter wollte einen Teller aus dem Schrank holen.

»Nein, Mama. Ich habe doch gesagt, dass ich bei Amaryllis essen würde.«

Ohne ein weiteres Wort verschwand sie schlecht gelaunt in ihrem Zimmer. Ihr Tag war wieder verdorben. Amaryllis hatte viel zu wenig gegessen. Sie würde morgen bestimmt abgenommen haben, viel mehr als sie.

Januar

»Prosit Neujahr!« Die Gläser klangen und alle strahlten. Alle außer Anne. Für sie hatte das neue Jahr gar nicht gut angefangen. Die Tabletten halfen nicht die Bohne!

Vergangene Woche, zu Weihnachten, hatte sie zwanzig

Stück eingenommen. Weil sie den ganzen Tag nur mit Essen zugebracht hatte, hatte sie sich die ganze Nacht und noch einen Teil des folgenden Tages auf der Toilette aufgehalten, aber ihr Gewicht war nicht weniger geworden. Im Gegenteil, sie hatte zweihundert Gramm zugenommen!

Sie seufzte. Vor ihr stand eine große Platte mit allerlei Fischsorten. Sie musste davon essen, weil ihre Eltern in der Nähe waren, und das brachte sie zur Verzweiflung.

Morgen würde sie sich wieder nicht auf die Waage stellen, beschloss sie. Das hätte sie in der letzten Woche besser auch tun sollen.

Sie wollte lieber nicht wissen, wie viele Kilo sie zugenommen hatte, um zu verhindern, dass sie irgendwelche dummen Sachen machte, wenn sie sah, dass sie wieder bei fünfundfünfzig angelangt war oder noch höher.

Denn sie verursachten Schmerzen, die blöden Dinger.

An Heiligabend hatte sie es zum ersten Mal getan. Sie fühlte sich so elend mit ihrem aufgeblähten Magen, dass sie etwas tun musste.

Es war unmöglich, ohnmächtig zusehen zu müssen, wie sie immer dicker wurde. Es war ihre eigene Schuld, dass sie so viel gegessen hatte, dann musste sie es eben auch ausbaden. Und nur zunehmen war keine Strafe, die sie ausreichend leiden ließ.

Nein, sie war schwach. Sie hätte nicht so viele von den Partyhäppchen essen dürfen! Mit einem oder zwei wären ihre Eltern auch zufrieden gewesen.

Warum hatte sie dann bloß noch weitere fünf gegessen? Es wäre gar nicht nötig gewesen!

Nein, sie hatte ihre schwache Seite gezeigt. Es hatte ihr geschmeckt.

Sie hasste sich selbst. Am nächsten Tag stand das große Weihnachtsessen an und sie wog schon jetzt bestimmt an die sechzig Kilo! Als sie sich dann wog, sah sie 49,8 Kilo auf der Skala. Ihre eigene Schuld! Sie musste büßen! Während ihr die Tränen über die Wangen strömten, hatte sie ein Rasiermesser genommen und damit ihr linkes Handgelenk tief eingekerbt. Das Fleisch wurde von dem messerscharfen Metall sofort aufgeschlitzt und sie hatte die schmalen lilafarbenen Adern wie kleine Drähte verlaufen sehen. Zum Glück hatte sie die nicht getroffen! Geschockt über das, was sie gerade getan hatte, war sie in hysterisches Weinen ausgebrochen.

Die Wunde begann schrecklich zu bluten und Anne dachte, ihre letzte Stunde habe geschlagen.

Zitternd vor Angst hatte sie ein Taschentuch auf ihren Puls gepresst und sich aufs Bett gelegt. Sie traute sich nicht zu ihren Eltern zu gehen. Wenn sie sterben würde, wäre es doch ihre eigene Schuld. Langsam waren ihr die Augen zugefallen und alles wurde schwarz.

Sie war nicht gestorben. Am nächsten Tag war an der Stelle, an der sie sich geschnitten hatte, nur noch eine große schwarze Kruste zu sehen. Bei jeder Bewegung ihrer Hand durchfuhr ein stechender Schmerz ihren Puls, der jetzt, eine Woche später, noch immer nicht vollständig verschwunden war.

»Komm, Anne, du hast noch nichts gegessen!« Ihre Mutter sah sie besorgt an.

Anne zuckte mit den Schultern. »Ich habe wirklich noch keinen Hunger.«

»Dann iss wenigstens ein bisschen! Es ist zu schade, um es wegzuwerfen!«, lachte ihr Vater.

Es war auch zu schade, um es aufzuessen, fand Anne. Sie hätte ja doch nichts davon. Noch bevor es sich richtig als Nahrung in ihrem Körper festgesetzt hätte, würde es wieder hinausbefördert werden dank der Tabletten, die sie am Morgen genommen hatte. Fünfundzwanzig.

Das Essen dauerte lang, zu lang. Sie saßen seit Stunden am Tisch. Zwischen jedem Gang schienen sie einander ihre komplette Lebensgeschichte zu erzählen.

Schon kurz vor dem Hauptgang hatte sie Krämpfe bekommen und vor Schmerzen kaum still sitzen können. Sie versuchte jetzt den Gang zur Toilette möglichst lange hinauszuzögern.

Als das Dessert kam, hielt sie es nicht mehr aus. Sie überlegte, dass dies ein geeigneter Moment wäre. Wenn sie lange genug wegbliebe, würde ihr Sahneeis geschmolzen sein und dann konnte sie sagen, dass sie es nicht mehr wollte. Schlau, aber ihre Mutter war schlauer.

»Wir warten einfach noch, Schatz.«

Den großen Eisbecher hatte sie also auch noch hineinstopfen müssen.

Als sie an diesem Abend im Badezimmer stand, sah sie voller Abscheu in den Spiegel. Sie war fett! Überall hingen die Fettpolster und ihr Bauch wirkte dicker als der von Herrn Musen, ihrem Französischlehrer, der mindestens hundertdreißig Kilo wog. Zitternd ging sie zum Schrank und nahm das Rasiermesser heraus. Kurz zögerte sie. Du musst büßen!, schrie es in ihr. Sie schüttelte den Kopf, lief in ihr Zimmer und warf das Rasiermesser aus dem Fenster in den Garten.

Erleichtert ging sie ins Badezimmer zurück. Während sie sich selbst flüsternd mit Schimpfnamen belegte, stellte sie sich auf die Waage.

»Du bist ein fettes Kalb!« Die Waage log nicht. 50,0!

Anne sank zusammen und begann zu weinen. Jetzt war sie erst richtig dick! Gestern war sie ja noch einigermaßen dünn gewesen mit ihren 49,8 Kilo. Jetzt war sie kolossal fett!

Ja, sie wusste auch, dass es sich nur um zweihundert Gramm handelte, aber das war für sie ein immenser Unterschied. Gestern war sie dünn, heute war sie dick!

»In diesem Haus ist Geld gestohlen worden und ich will wissen, wer es getan hat!« Ihr Vater schlug wütend auf den Tisch.

Alle hielten den Atem an.

Anne dachte an das Geld, das sie vorgestern aus dem Geldbeutel ihrer Mutter genommen hatte.

»Warst du das, Sofie?« Er sah sie streng an.

»Nein«, rief die und warf ihr Besteck hin. »Nein, nein, nein!«

»Ich denke schon«, sagte er. »Meiner Meinung nach rauchst du wieder!« Er dachte wahrscheinlich an die eine Zigarette, die sie mal mit dreizehn geraucht hatte.

»Das ist eine Lüge!«, rief sie empört. Sie schob ihren Stuhl zurück und rannte aus der Küche.

Anne biss sich auf die Lippe. Eigentlich wollte sie zugeben, dass sie die Diebin war. Sie konnte ihre Schwester doch nicht für ihre Taten büßen lassen!

Aber wenn sie es zugab, wie sollte sie es dann erklären? Sie konnte doch nicht erzählen, dass sie Abführmittel kaufte.

Es tut mir leid, Sofie, dachte sie und entschloss sich dazu, es abzustreiten.

»Anne, hast du vielleicht …« Ihre Mutter sah sie ernst an.

Sie wurde rot bis über beide Ohren. Verdammt, so verriet sie sich gleich noch selbst! »Nein.«

»Ich sag's doch, Francine, es ist Sofie.«

»Das glaube ich nicht, sie raucht doch gar nicht mehr!«

Ihre Eltern fingen an darüber zu diskutieren, wer es nun getan hatte oder nicht. Schon bald wurde Anne klar, dass ihre Mutter nicht glauben konnte, dass die »liebe, brave« Sofie so etwas Schlechtes tun würde. Wie üblich sah sie Sofie als das gehorsame Mädchen, das nie ihrer Mutter wehtun würde. Mit anderen Worten, es musste also Annes Schuld sein.

»Sofie tut so etwas nicht!«

»Aber Anne schon?«

Sie war ihrem Vater dankbar, dass er sie verteidigte.

»Das sage ich ja gar nicht. Ich weiß bloß, dass Sofie nicht stiehlt.« Ihre Mutter zuckte hilflos mit den Schultern.

»Wenn du die eine freisprichst, beschuldigst du die andere, Francine.« Der Streit uferte jetzt aus.

»Sofie sagt, dass sie es nicht getan hat!«

Anne hatte die ganze Zeit schweigend zugehört, nun wurde sie zornig. Sie sprang auf und stellte sich dicht vor ihre Mutter. »Ich habe ebenfalls gesagt, dass ich es nicht war! Warum glaubst du ihr, aber mir nicht?«, schrie sie.

Eine Antwort wartete sie gar nicht erst ab. Darüber sollte ihre Mutter gefälligst einmal nachdenken, beschloss sie und stürmte aus dem Zimmer.

Mit Tränen in den Augen ließ sie sich auf ihr Bett fallen. Sofie saß an ihrem Schreibtisch und starrte auf die Wand.

»Dumm, dass sie dir nicht glauben. Aber mir glauben sie auch nicht, damit stehst du also nicht allein da.« Sie versuchte ihre Schwester zu trösten. Das war sie ihr doch schuldig, fand sie.

»Hast du es getan?«, fragte Sofie plötzlich in kaltem Ton.

Für einen Moment war Anne sprachlos. Dann seufzte sie: »Nein, du?«

»Komm schon, Anne. Eine von uns muss es gewesen sein, und ich weiß, dass ich es nicht war.« Sie sah ihre Schwester böse an.

»Nun«, schnappte Anne zurück, »und ich weiß, dass ich es nicht war. Also warst du es.«

Sofies Gesichtsausdruck erstarrte. »Lügnerin.«

»Ach ja?«, rief Anne und sprang vom Bett auf. »Woher weiß ich so sicher, dass du nicht lügst, wenn du sagst, dass du das Geld nicht gestohlen hast?«

Sofie zuckte mit den Schultern und wandte ihr den Rücken zu.

»Mama weiß es und das reicht.«

Annes Mund klappte auf. Gemeine Ziege, dachte sie.

Wie idiotisch zu glauben, ihre Schwester könne eine Freundin sein. Jetzt war auch sie zur Feindin geworden!

Weinend lief sie aus dem Zimmer und ins Bad. Irgendwann einmal würde sie wie Sofie sein! Genauso falsch, genauso scheinheilig, genauso schlank. Wenn sie dann genauso aussah wie ihre Schwester, würde ihre Mutter sie vielleicht genauso lieb haben.

Zitternd vor Wut riss sie die Schachtel auf und nahm zehn Tabletten heraus. In großen Zügen trank sie ein Glas Wasser und spülte damit die Tabletten hinunter.

Noch zwei Kilo und sie hatte es geschafft! Dann konnte es losgehen! Dann konnte sie endlich einmal die Schönste sein, die Schlaueste, die Beste!

Februar

»Probier den mal an! Der steht dir bestimmt hervorragend!« Anne nahm einen karierten Rock vom Kleiderständer und drückte ihn Amaryllis in die Hand.

»Wenn du das da anprobierst.«

Flüchtig betrachtete Anne den eng anliegenden Rock. Sie in so einem Miniding? Mit einem Hintern von Berlin bis Mailand und Hüften wie Rembrandts Frauen?

»Na? Probier es mal!« Amaryllis sah sie auffordernd an.

»Gut«, gab Anne nach und so verkrochen sie sich in der Umkleide für Behinderte. Das hatten sie immer getan, wenn sie einkaufen gingen. Gemeinsam etwas anprobieren machte viel mehr Spaß, fand Amaryllis. Anne war ihrer Meinung, obwohl sie sich für ihren Körper schämte.

Das war früher einmal anders gewesen. Letzten Sommer noch hatten sie halb nackt in ihrem Schlafzimmer getanzt. Damals machte es ihr noch nichts aus, dass ihre beste Freundin ihren dicken Hintern sah.

Jetzt versuchte sie so schnell wie möglich ihre Hose aus- und den Rock anzuziehen, damit niemand ihren Po zu Gesicht bekam. Sie war froh, dass Amaryllis nicht auf ihre gewaltigen Oberschenkel achtete. Als sie ihren Pullover ablegte, spürte sie aber, dass sie sie doch ansah, und das machte sie nervös.

»Was ist?« So fett war sie also noch?

Einen kurzen Moment starrte Amaryllis sie einfach mit offenem Mund an. Dann brachte sie heiser heraus: »Du bist so dünn geworden!«

»Ach, du spinnst!« Anne winkte mit der Hand ab. So etwas konnte sie einfach nicht glauben. Ihre Freundin schüttelte den Kopf und sah sie besorgt an. »Wirklich wahr, Anne. Ich kann an deinem ganzen Oberkörper die Rippen zählen. Und deine Schultern …« Es war, als bekäme sie es nicht über die Lippen, so geschockt war sie.

Anne schüttelte den Kopf. »Sei nicht albern, Lis! Guck dich doch mal selbst an! Wenn ich dünn sein soll, müsstest du ja ein Skelett sein!« Tief drinnen fühlte sie sich auf einmal wahnsinnig gut. Amaryllis hielt sie für dünn! Ihre Rippen waren schon zu sehen! Wo war die Zeit geblieben, als ihre Freundin ihr gesagt hatte, sie sei mollig? Wie lange war das her, fünf Monate? In fünf Monaten hatte sie sich von mollig zu dünn verändert! Sie spürte, wie sie richtig aufblühte!

»Bist du immer noch auf Diät?« Amaryllis begann sich wieder anzukleiden. Sie hatte keine Lust mehr, etwas anzuprobieren.

»Nein, ich habe schon vor einiger Zeit damit aufgehört. Ich wiege jetzt vierundfünfzig Kilo«, log Anne.

Sie spürte die Spannung, die in der Luft hing.

Ihre Freundin fasste sie bei den Schultern und blickte ihr direkt in die Augen. »Du hast doch nicht etwa Magersucht, oder?«

Anne traf es wie ein Hammerschlag. Sie schob ihre Freundin von sich und schnappte: »Fängst du jetzt auch schon damit an? Du kommst mir vor wie meine Mutter!«

Amaryllis seufzte. »Entschuldige. So war es nicht gemeint. Ich mache mir bloß Sorgen.«

Anne beruhigte sich. »Du brauchst dir keine Sorgen zu machen. Dazu besteht überhaupt kein Grund. Ich habe abgenommen, ja, aber das war nötig. Du hast selbst gesagt, dass ich mollig bin.«

»Ich habe nie gesagt, dass du das ändern solltest.« Sie verließ die Umkleidekabine und hängte den Rock wieder an den Ständer.

Anne folgte ihr. »Und ich habe es doch getan. Und jetzt sag mal ehrlich, Lis, sehe ich jetzt nicht besser aus?« Sie sah ihre Freundin gespannt an und hoffte auf eine Bestätigung.

Amaryllis zuckte mit den Schultern. »Was du haben willst, ist der Körper eines Fotomodells! Das funktioniert nicht! Du bist anders gebaut. Egal wie sehr du Diät hältst, deine Hüften werden immer breit bleiben. So bist du geboren und so wirst du sterben.« Sie kniff ihre Freundin in den Arm. »Aber was ist denn daran so falsch?«

Einen Moment lang konnte sich Anne nicht rühren. Sie war perplex! So sah sie also aus: dünn mit mordsmäßigen Hüften für den Rest ihres Lebens.

Nein, das konnte sie nicht akzeptieren. Es war bestimmt irgendwie zu ändern. Niemand glaubte ihr, aber sie würde es ihnen schon noch zeigen.

Sie fühlte Tränen hinter ihren Augenlidern brennen. Den dicken Kloß in ihrem Hals schluckte sie runter. Irgendwann würde es ihr gelingen! Irgendwann würde der Tag kommen, an dem sie morgens aufstehen und einen schlanken Körper haben würde. Alle würden sie bewundern. Niemand würde seinen Augen trauen. Alle würden sich entschuldigen, weil er oder sie darum gewettet hatte, dass es ihr niemals gelingen könnte.

Ja, irgendwann würden sie sehen, dass es doch etwas gab, was sie wirklich gut konnte. Und dieses Irgendwann würde nun gar nicht mehr so lange dauern. Dieses Irgendwann brauchte nur noch fünfhundert Gramm, denn dann würde sie endlich ihr Zielgewicht erreicht haben.

Anne ließ sich auf einen Stuhl fallen und warf ihr Mittagessen auf den Tisch. »Wer möchte gerne Butterbrote mit Schoko?«

Carmen zuckte mit den Schultern. »Wenn du sie nicht willst … Ich habe so ekelhaften Thunfischsalat mit, ich würde gern tauschen.«

Die war sie schon mal los, dachte Anne. Aufgeregt sah sie zu, wie ihre Freundin die süße, kalorienreiche Nahrung in den Mund stopfte.

In letzter Zeit konnte sie es wahnsinnig genießen, wenn andere viel und fett aßen. Ihr Tag war gerettet, wenn jemand Schokolade, Bananen oder Fleischsalat aß, und ihr Tag war verdorben, wenn ihre Freundinnen Schmelzkäse oder Quark dabeihatten.

Sie hätte Carmen in diesem Moment um den Hals fallen können und sie mit Küssen überhäufen, einfach nur, weil sie gerade weißes Brot mit Butter und einem großen Stück Nussschokolade aß.

Wenn sie Fremde naschen sah, betrachtete sie sie gleich als

ihre besten Freunde, während sie Gesundheitsfanatiker zum Mond wünschte.

Amaryllis riss sie aus ihren Gedanken, als sie sich zur Gruppe setzte. Ihr Gesicht zeigte einen düsteren Ausdruck und an ihren wässrigen Augen konnte man erkennen, dass irgendetwas verkehrt lief.

»Was ist denn los, Lis?« Alle sahen das traurige Mädchen besorgt an.

Amaryllis zuckte gleichgültig mit den Schultern und warf ihr Mittagessen aus einiger Entfernung in hohem Bogen in den Mülleimer.

»Isst du nicht?« Anne wurde es ungemütlich zumute.

»Ich habe keinen Hunger.«

Einen Augenblick lang sagte niemand etwas und die anderen aßen weiter. Wo hatten sie das schon mal gehört?

Als Leila Amaryllis einen Apfel anbot, schüttelte diese heftig den Kopf. »Ich bin schon dick genug!«

Anne spürte, wie sie ermattete. Wer war Amaryllis eigentlich? Ein einziges Mal dachte sie, sie hätte etwas Besonderes gefunden, eine strenge Diät, aber jetzt fing Amaryllis an sie nachzuäffen! Konnte Anne denn nie die Einzige sein? Die Einzige mit etwas Besonderem?

Marijke legte ihren Arm um Amaryllis und flüsterte: »Du musst doch etwas essen. Sonst wirst du krank. Das will niemand.« Die anderen ließen merken, dass sie derselben Meinung waren. Anne noch am meisten. Wenn sie bloß nicht abnahm, durchfuhr es sie.

»Ich bin auf Diät!«, protestierte Amaryllis und setzte eine Miene auf, als wäre sie schrecklich depressiv.

»Ach, komm schon, Lis!«, tröstete Carmen. »Du bist so schön schlank! Glaub mir, du bist nicht dick! Jetzt iss etwas. Wir wollen nicht, dass du morgen mit Magersucht unter der Erde liegst!«

Ihre Freundinnen lachten, als sie sahen, dass sich Amaryllis schon ein bisschen besser fühlte. »Mein Mittagessen werde ich aber nicht aus dem Mülleimer fischen.« Sie nahm Leilas Apfel an und begann kleine Stücke davon abzubeißen.

Anne lächelte erleichtert, aber eigentlich fühlte sie sich durch und durch schlecht. Es war mehr als deutlich, dass sie Amaryllis netter fanden.

Sie selbst war immer unglücklich und niemand hatte sie je in den Arm genommen, um sie zu trösten. Sie aß nie und es war noch nie passiert, dass sich jemand um sie gekümmert hatte … Ja, Amaryllis lag ihr ab und zu in den Ohren, sie müsse mehr essen, aber das kam nur daher, dass sie eifersüchtig war und ihr keinen schlanken Körper gönnte.

Ihr dummes Getue störte Anne. Warum musste ihre Freundin immer so viel Aufmerksamkeit kriegen? In der Klasse hieß es immer »Amaryllis dies« und »Amaryllis das«, »Benimm dich wie Amaryllis«, »Die Klasse sollte sich lieber an dir ein Beispiel nehmen, Amaryllis«, »Ausgezeichnet gearbeitet, Amaryllis« … Immer war sie das Vorbild. Während der Pausen war immer sie es, die das Wort führte, und der Rest der Klasse lauschte gebannt und bewundernd.

Überall, wo sie hinkamen, war es Amaryllis, der die gut aussehenden Jungen nachstellten. Immer war sie die Witzigste, die Coolste, die Hübscheste, die Schlankste. Vor allem die Schlankste.

Marijke schien Annes Niedergeschlagenheit zu merken, denn sie fragte: »Ist was, Anne?«

Anne zuckte mit den Schultern. Konnte sie jetzt todernst sagen, dass sie Amaryllis im Moment am liebsten an die Wand klatschen würde? Konnte sie erzählen, wie satt sie ihr dämliches Getue über Essen hatte? Dass sie weit und breit keinen Grund hatte, so lächerlich depressiv zu tun, weil sie angeblich zu dick war? Sie, Anne, war dick! Einzig und allein sie hatte das Recht, depressiv zu sein und abzunehmen! Amaryllis wusste gar nicht, wie das war, dick zu sein! Sie hatte kein Recht darauf, von allen beachtet zu werden, sie spielte Komödie!

»Du kannst uns doch erzählen, was los ist, Mensch. Was ist?« Leila beugte sich zu ihr und berührte ihre Wange.

Was los war? Anne fühlte sich schlecht! Sie wünschte Amaryllis weg, weit weg! Dass sie sich allein auf einer verlassenen Insel depressiv verhalten solle zwischen all ihren Anbetern, in ihrem Kasten von Haus, mit ihren Bergen von Kleidern und Schmuck, mit allem.

»Ich fühle mich einfach nicht gut.« Sie würden es ja doch nicht begreifen.

»Du siehst auch nicht gut aus. Was ist denn los?«

Anne bemerkte, dass Amaryllis langsamer kaute. »Lasst mich nur.« Sie griff nach ihrer Jacke und stand auf. Hinter ihrem Rücken hörte sie, wie Carmen und Leila über sie sprachen. »… Anne schlimm … isst nichts … Diät … Anne … krank …«

Mehr verstand sie nicht, aber es war ganz klar, dass es um sie ging. Mehr brauchte sie nicht zu wissen.

Lächelnd lief sie zum Ausgang der Kantine. Es war ihr also doch noch gelungen, sie zu beunruhigen. Bevor sie durch die große Tür ging, drehte sie sich noch einmal um.

Sie hätte es wissen müssen. Amaryllis starrte trübe vor sich hin, ihren Apfel hatte sie vor sich hingelegt. Ihre Freundinnen saßen wieder mitleidig um sie herum.

Blöde Schnalle!, dachte Anne, während sie wütend mit einem Fuß aufstampfte und hinausging.

Anne zog sich die Decke über den Kopf und begann leise zu schluchzen. Heute war der 19. Februar. Ihr siebzehnter Geburtstag.

Noch nie war sie so unglücklich gewesen. Siebzehn lange Jahre hatte sie schon hinter sich und es war einfach genug gewesen. Sie konnte wirklich nicht mehr. Es sollte einfach alles aufhören. Es fiel ihr jeden Tag schwerer, aufzustehen und sich durch den Tag zu schleppen. Jeden Tag wurde es mühsamer, zu atmen, zu leben.

Heute Morgen hatte die Waage sozusagen als Geburtstagsgeschenk 46,9 angezeigt.

Sie hatte darauf gestarrt, als ob es nicht ihr Gewicht wäre. Wie konnte sie so wenig wiegen und doch noch immer so fett sein wie eine Kröte?

Vor fünf Monaten hatte sie siebenundvierzig Kilo als Ziel angestrebt. Sie hatte sich vorgenommen, dann aufzuhören. Damals hatte sie gedacht, bei diesem Gewicht dünn genug zu sein.

Wenn sie sich jetzt im Spiegel betrachtete, sah sie noch immer dasselbe ekelhafte Ungeheuer wie früher. Ihre Beine waren vielleicht etwas weniger dick, aber der Unterschied fiel kaum auf.

Wie war es möglich, dass sie schon dreizehn Kilo verloren hatte, ohne eine Veränderung zu erkennen? Waren es vielleicht ihre Gehirnzellen, die da schrumpften? Oder ihre Organe?

Vielleicht wurden ja ihr Magen, ihr Darm und ihre Nieren kleiner, aber nicht ihre Speckschicht! Daran hatte sie noch gar nicht gedacht!

Müde rollte sie sich zu einer Kugel zusammen, als könnte sie so allen Kummer vertreiben.

Was tat sie da? Wann würde sie endlich damit aufhören können, Hunger zu leiden? Wann würde sie endlich dünn genug sein?

Sie konnte doch nicht weniger als dreißig Kilo wiegen? Vielleicht noch ein paar Kilo … Wenn sie jetzt noch ein bisschen durchhielte, vielleicht bis zweiundvierzig, dann wären es noch fünf Kilo. Dann müsste sie doch dünn genug sein?

Sie seufzte und schluchzte dann lauter. Ganz tief in ihr wurde ihr bewusst, dass es niemals zu Ende wäre. Nie würde sie dünn genug sein. Immer würde sie weitermachen wollen, mehr abnehmen wollen. Sie würde sich selbst nie gut genug finden für diese Welt. Sie würde niemals mit ihrer Diät aufhören können.

Dieser Gedanke ließ sie verzweifeln. Sie hielt es nicht mehr länger durch. Sie war zu müde, um noch länger zu kämpfen.

Aber aufgeben konnte sie genauso wenig. Sie hatte es sich selbst versprochen. Sie musste weitermachen, bis sie endlich schlank war. Aber wie lange würde das noch dauern? Ewig?

März

Sie schlich sich auf Zehenspitzen nach unten, in der Hoffnung, niemanden zu wecken. Es war Sonntagmorgen, halb sieben. Es gehörte nicht zu ihren Gewohnheiten, so früh aufzustehen, aber jetzt handelte es sich um einen Notfall. Es musste ihr auf jeden Fall gelingen, irgendwie das Frühstück zu vermeiden.

Ohne Lärm zu machen, nahm sie einen Teller und ein Messer aus dem Küchenschrank und streute ein paar Brotkrümel darauf. Dann tunkte sie ihr Messer in die Schokoladencreme und goss ihr Glas zu einem Drittel mit Fruchtsaft voll. Sie zerknüllte ihre Serviette und legte sie neben ihren Teller.

Zufrieden betrachtete sie das Resultat. Wie echt, dachte sie. Wenn jetzt ihre Eltern aufstanden, konnte sie sagen, dass sie schon gefrühstückt hatte.

»Ich hatte so großen Hunger und da habe ich einfach schon gegessen.«

»Hättest du wirklich nicht auf uns warten können? Sonntags frühstücken wir doch immer gemeinsam!«

»Nein, tut mir leid, ich kam fast um vor Hunger.«

Sie dachte erleichtert an die Croissants und die Butterkuchen, die sie jetzt nicht zu essen brauchte. Das wäre ihr Tod.

Die letzten Wochen waren die Hölle gewesen. Sie konnte nicht mehr als zehn Tabletten täglich nehmen, das ließ ihr Geldbeutel nicht zu, und diese Menge reichte nicht länger aus, um ihr Gewicht zu reduzieren.

Ihr Körper hatte sich an die Dosis gewöhnt und sie bekam fast keinen Durchfall mehr davon. Die katastrophale Folge war, dass auch ihr Gewicht nicht mehr sank.

Sie stand jetzt schon seit fast drei Wochen bei 46,5 Kilo. Es war eine wahre Folter, jeden Morgen zu sehen, dass sie wieder nicht abgenommen hatte.

Sie konnte nichts machen. Weniger essen war unter den kontrollierenden Augen ihrer Eltern fast unmöglich. Jetzt blieb ihr nichts anderes übrig, als bei jeder Gelegenheit, die sich ergab, zu hungern. Wenn sie auch nur die geringste Chance bekam, nichts zu essen, ergriff sie diese.

So auch am Wochenende. Sie stand jetzt immer so früh wie möglich auf, um ihr Frühstück zu inszenieren. Bis jetzt waren alle darauf hereingefallen.

Dumm eigentlich, dass ihr das nicht früher eingefallen war. Dann hätte sie schon seit Wochen das Sonntagsfrühstück ausgelassen.

Sie seufzte. Es würde sich doch nichts ändern, ob sie nun darüber nachgrübelte oder nicht. Das Wichtigste war, dass sie jetzt ihr absolut Bestes tat.

Stolz und mit sich zufrieden setzte sie sich mit an den Tisch und sah zu, wie der Rest der Familie kalorienreiche Brötchen aß.

Eigentlich fühlte sie sich ein bisschen schuldig. Es war nicht schön, Hände reibend und heimlich lachend zuzusehen, wie sie sich vollstopften, aber sie konnte nichts dafür, dass es ihr ein fantastisches Gefühl gab, andere essen zu sehen.

Bei jedem Bissen, den Sofie zu sich nahm, fühlte sie sich dünner werden. Bei jedem Croissant, das ihre Schwester aß, fühlte sie sich innerlich stärker werden.

Sollte Sofie ruhig dick werden, dann konnte Anne auch mal Mamas Liebling, Mamas Schönheit und Prinzessin sein.

»Mama! Ich fahre doch nicht auf die andere Seite der Welt!« Sie sah machtlos zu, wie ihre Mutter einen Koffer nach dem anderen füllte. Wenn sie sie noch ein Weilchen so weitermachen ließ, war gleich ihr gesamter Bestand an Kleidung eingepackt. »Lass diese Röcke doch hier, Mama!«

»Und was wirst du tragen, wenn du mal ausgehst?«

Anne zuckte mit den Schultern. »Einfach Jeans und T-Shirt.«

Ihre Mutter schüttelte entsetzt den Kopf. »Zieh dich doch einmal normal an, Liebes! Du läufst immer so schlampig herum. Was findest du bloß an diesen zeltartigen Schlabberpullis und den sackähnlichen Hosen?« Sie nahm ein paar Kleider von den Bügeln und faltete sie sorgfältig zusammen.

»Die sitzen wenigstens angenehm, im Gegensatz zu den Kleidern!«

»Nimm sie ruhig mit. Trag mal etwas Ordentliches. Man könnte dich glatt für eine Landstreicherin halten. Als ob wir kein Geld für neue Kleidung hätten.«

»Ich fühle mich wohl in den Jeans!«, protestierte Anne heftig. Sie sah sich in Gedanken schon in vornehmen Faltenröcken und Spitzenblüschen zur Schule gehen. Oder in engen Pullovern mit V-Ausschnitt und ordentlich gesäumten Baumwollhosen.

Als ihre Mutter endlich die Koffer schloss, seufzte Anne.

»Mama, ich fahre für zwei Wochen weg. Ich habe lächerlich viel mit!«

Ihre Mutter schüttelte den Kopf. »Du musst doch anständig aussehen, Liebes. Läufst du dort etwa zwei Wochen lang in derselben Hose und demselben Pulli herum?«

»Nein, aber ich muss drei Hosen pro Tag schmutzig machen, wenn ich das alles anziehen will, was ich bei mir habe!«

»Es ist immer besser, etwas zu viel mitzuhaben, als zu wenig. Komm, lass uns jetzt gehen.«

»Wohin?« Anne runzelte die Augenbrauen.

»Wir werden ein paar T-Shirts kaufen. Ich habe gesehen, dass du dringend ein paar neue brauchst.« Sie nahm zwei von den Koffern und ging damit in den Flur.

»Ich brauche keine neuen T-Shirts!«

Anne plumpste erschöpft auf ihr Bett. Sich ihrer Mutter zu widersetzen fiel ihr immer so schwer.

»Schatz«, lachte diese, »du verbringst vierzehn Tage bei reichen Leuten, ich will nicht, dass du aussiehst wie jemand, der auf der Straße lebt. Mit diesen Fetzen schicke ich dich nicht auf die Reise!«

Mit diesen Worten ließ sie ihre Tochter zurück. So war das also. Ihre Mutter schämte sich für sie. Sie wollte nur mit ihr gesehen werden, wenn sie fein gekleidet war, wenn sie aussah, wie eine »anständige junge Dame«.

Das war der Grund, weshalb sie ihre Kleidung nie selbst aussuchen durfte: etwas, was ihr gefiel, war nie anständig genug.

Sie durfte also nicht sie selbst sein! Wenn sie trug, was sie schön fand, sah sie aus wie eine Landstreicherin. Wenn sie sagte, was sie dachte, war sie aufsässig und ungehorsam.

So war es also. Ihre Mutter hatte keine Kinder gewollt, sondern herzige Puppen, die sich an- und ausziehen ließen, wann immer ihr danach war. Dumme Puppen ohne Meinung oder Gedanken, die sich brav die Haare flechten und die Fingernägel lackieren ließen, wenn sie mit ihnen spielte. Leblose Plastikteile, die still im Schrank sitzen blieben, bis sie wieder einmal Lust hatte, sie herauszunehmen. Ihre Mutter liebte ihre Töchter sehr, ihre lebendigen Puppen, solange sie alles so machten, wie sie es wollte. Wenn sie einen eigenen Willen zeigten, stieß sie sie fort.

Anne seufzte. Sie war nur Mutters liebe Tochter, wenn sie schön angezogen und gehorsam war. Aber so war sie nicht! Sofie vielleicht, aber sie nicht!

Sie hatte das Bedürfnis, ihre Meinung zu äußern, sie konnte nicht einfach so einverstanden sein mit allem, was ihre Mutter sagte oder tat! Verdammt! Sie hatte doch das Recht auf ein eigenes Leben, mit eigenen Gefühlen und Gedanken, mit einer eigenen Meinung!

Anne schwang die Beine vom Bett und starrte die kahle Wand an. Früher hatten da mal allerhand Bilder von Disney-Figuren gehangen. Die hatte ihre Mutter für sie gezeichnet, als sie noch sehr klein war. Aber sie wurde älter und fand die Figuren allmählich langweilig. Als sie sie eines Tages abgehängt hatte, war ihre Mutter ungeheuer böse geworden und hatte ihr verboten, dort etwas anderes aufzuhängen. »Die hatte ich extra für dich gemacht! Wenn du das nicht mehr schätzt, dann hängst du eben gar nichts auf!« Und genau das hatte sie getan. Darauf war sie auch stolz.

Sie durfte gar nicht daran denken, ihre Freundinnen könnten zu Besuch kommen und sehen, dass ihr Zimmer immer noch voller Babybilder hing. Bei Sofie war das nämlich noch so. Über ihrem rosafarbenen Bett hingen noch immer Donald Duck und Mickymaus und gilbten vor sich hin.

Sofie dachte gar nicht daran, sie wegzuwerfen. Ihrer Meinung nach war es ein wertvolles Geschenk, wie ein festes Band mit ihrer Mutter, das nicht zerstört werden durfte. Es war ihr egal, ob ihre Altersgenossen sie deswegen auslachten.

Sie fand es wichtig, dass ihre Mutter glücklich war, solange die Zeichnungen dort hingen. Und wenn ihre Mutter glücklich war, fühlte sich Sofie glücklich, denn sie war doch der Liebling.

»Anne, kommst du heute noch?«

Das ungeduldige Genörgel erinnerte sie wieder an die T-Shirts. Verdammt! Sie wollte überhaupt nicht einkaufen!

Außerdem brauchte sie keine neuen Kleider. Ihre Blusen waren höchstens drei Monate alt, also konnten sie noch gar nicht abgetragen aussehen. Nun fingen sie allmählich erst an angenehm zu sitzen. Der Stoff wurde erst jetzt etwas weicher und sie fühlten sich nicht mehr so steif an, nicht mehr so neu. Sie hasste neue Kleidung! Das war doch bloß Geldverschwendung!

Ob sie altes Zeug trug oder ein funkelnagelneues, teures Kleid, sie würde sowieso immer hässlich und dick darin aussehen.

Und es tat gut, einen alten, verschlissenen Schlabberpulli anzuziehen, wenn sie sich schlecht fühlte. Neue Kleidung machte sie immer so depressiv.

Sie war nicht hübsch genug, um etwas Neues zu tragen. Ein Monster oder eine Hexe trugen doch auch nie Prinzessinnenkleider? Nein, sie wollte keine T-Shirts! Nur über ihre Leiche!

»Kommst du?«

»Ja, ich komme schon.« Sie seufzte und schleppte die beiden kleineren Reisetaschen aus dem Zimmer. Es würde ihr nie gelingen, gegen ihre Mutter aufzubegehren.

Warum war sie so schwach? Warum konnte sie jetzt nicht einfach die Hände in die Seiten stemmen, ein fest entschlossenes Gesicht aufsetzen und sagen, dass sie keine T-Shirts wollte, Schluss, aus? Aus welchem Grund traute sie sich nicht, ihre Mutter auf ihren Platz zu verweisen und ein einziges Mal ihren eigenen Willen durchzusetzen? Sie musste doch für sich selbst einstehen!

Seufzend und ganz entschieden gegen ihren Willen zog sie ihre Jacke an und ging zum Auto.

»Wenn wir sowieso schon in der Stadt sind, können wir zum Friseur gehen. Deine Haare sehen furchtbar aus!«

»Ich lasse sie wachsen, Mama! Dann hat man immer unordentliche Zotteln!«

»Wachsen lassen? Nein, das ist nichts für dich! Dafür ist dein Gesicht viel zu rund! Eine Kurzhaarfrisur, das ist viel praktischer für dich, meinst du nicht?« Sie sah ihre Tochter unschuldig wie ein Engel an.

»Ja, du hast bestimmt recht.« Mit zugeschnürter Kehle und zusammengezogenem Magen stieg Anne ins Auto.

Blieb nur noch zu hoffen, dass sie heute Abend viel abgenommen haben würde!

April

»Fertig?« Amaryllis' Vater hob die Koffer in den Kofferraum des Wagens und nickte Anne zu.

Anne verabschiedete sich von ihren Eltern und Sofie und kroch hinten in den großen Mercedes, der ganz anders war als die alte Schrottkiste, die sie gewohnt war. Neben ihr saß Amaryllis und auf der anderen Seite Andreas.

»Mach keine Dummheiten, Schatz!« Das war ihre Mutter, die den Kopf durch das geöffnete Fenster streckte. »Und vergiss nicht, deine Vitamine zu nehmen! Jeden Morgen eine Tablette!«

Amaryllis schlug eine Hand vor den Mund, um nicht in ein hysterisches Lachen auszubrechen. Anne spürte, wie ihr das Blut in die Wangen stieg. Am liebsten hätte sie das Fenster hochgekurbelt.

Als sie endlich die Zufahrt hinunterfuhren, seufzte sie erleichtert. In ihrem Inneren fühlte sie Tausende von Schmetterlingen aufsteigen und Aufregung erfasste sie. Zwei Wochen würde sie von zu Hause weg sein! Sie konnte zwei Wochen lang Diät halten, ohne dass jemand etwas davon merken würde! Endlich konnte sie mal ein paar Tage hintereinander sie selbst sein und tun, was sie wollte: hungern! Es war, als öffne sich der Himmel für sie!

Während die anderen sich auf zwei Wochen subtropisches Schwimmbad und gesunde Seeluft freuten, sah Anne sehnsüchtig den Mahlzeiten entgegen, die sie überspringen würde. Aber das war nicht der einzige Grund, weswegen sie aufgeregt war. Es lag auch daran, dass Amaryllis' Bruder mitfuhr. Jetzt, da sie ihrer Freundin versprochen hatte, Alex zu vergessen, musste sie ihre Gedanken auf einen anderen Jungen fixieren. Andreas war zwar ein Jahr jünger, aber er sah viel älter und erwachsener aus.

Außerdem war er der einzige Junge, bei dem sie sich nicht dick fühlte. Vielleicht auch, weil er nie über Mädchen sprach, als seien sie Lustobjekte. Zumindest nicht, wenn sie dabei war!

»Wenn wir ankommen, suchen wir gleich ein Lokal, um etwas zu essen. Alle einverstanden?« Amaryllis' Vater spähte in den Rückspiegel und sah, dass tatsächlich alle damit einverstanden waren. Es war sozusagen Tradition, dass sie immer erst irgendwo etwas essen gingen, bevor sie ins Hotel fuhren.

»Niemals die Ferien mit leerem Magen beginnen!«, lachte er. »Das bringt Unglück!«

Anne nickte munter. Sie konnte es schon fast nicht mehr erwarten. Der Hunger nagte schon und sie sehnte sich nach einem großen Glas kalter Cola.

Nein, fünfundsechzig Kalorien für ein popeliges Glas? Vergiss es, dachte sie auf einmal bei sich und verlagerte ihre Sehnsüchte auf ein Glas Wasser.

Nach einiger Zeit brachte Amaryllis' Mutter eine Tüte Fruchtbonbons zum Vorschein. »Will jemand was Süßes?« Sie warf die Tüte nach hinten und Andreas riss sie auf.

»Lis?« Er reichte seiner Schwester die bunt bedruckte Tüte.

»Äh … ich weiß nicht … meine Linie …« Sie biss sich auf die Lippen, als müsste sie die schwierigste Entscheidung ihres Lebens treffen.

Na los, nimm schon eins, bitte. Anne hätte sie am liebsten auf den Knien angefleht. Wenn sie bloß weniger aß als Amaryllis, dann war alles in Ordnung. Als ihre Freundin weiterhin zögerte, begann sie sogar zu beten: Bitte, lieber Gott, lass sie eins nehmen!

Offensichtlich hatte Gott ihr Flehen erhört, denn Amaryllis zuckte auf einmal mit den Schultern und nahm die Tüte entgegen. »Ach, was macht schon ein einziges Bonbon? Du auch eins?« Während sie die Bonbons in Annes Schoß warf, stopfte sie sich das kleine Fruchtding in den Mund.

Anne schüttelte den Kopf. Jede Kalorie, die sie weniger aß als Amaryllis, würde bald ein Kilo auf der Waage ausmachen! Mit knirschenden Zahnen und einem hungrigen Gefühl gab sie die Bonbons zurück und sah amüsiert zu, wie Amaryllis noch ein zweites nahm.

Schon vierzig Kalorien, Lissie!, lachte sie sich ins Fäustchen. Sie fühlte sich gut! Endlich war sie in irgendetwas besser! Amaryllis konnte die Finger nicht von den Bonbons lassen, sie schon! Amaryllis gelang es nicht, sich an eine strenge Diät zu halten, ihr schon!

»Worüber lachst du denn so?«, fragte Amaryllis plötzlich.

Anne zuckte mit den Schultern. »Nichts. Ich bin einfach nur froh!«

»Gut so! Wir werden uns zwei Wochen lang köstlich amüsieren, Anne!« Sie steckte sich noch ein Bonbon in den Mund und gab ihrem Bruder die Tüte zurück.

»Ganz bestimmt!« Anne dachte an die Kilos, die sie nach diesem Urlaub weniger wiegen würde.

Aufgeregt griff Amaryllis nach ihrem Arm: »Andreas und ich werden dich durch ganz Knokke schleifen. Wir zeigen dir alles! *Dana's Mirror* dürfen wir auf keinen Fall auslassen. Das ist der beste Laden an der ganzen Küste!«

Andreas rollte mit den Augen und stöhnte: »Ich will gern alles zeigen, vom Minigolfplatz bis zu den Spielplätzen, aber bitte keine Mädchengeschäfte!«

»Dann bleibst du an diesem Tag eben bei Mama und Papa«, erklärte Amaryllis gleichgültig. »Wo wir auf jeden Fall hinmüssen, ist der Eissalon. Letztes Jahr sind wir jeden Tag zum Eisessen dort gewesen. Man kann da aus zig verschiedenen Eissorten wählen!«

»Oh, schön«, reagierte Anne gezwungen begeistert. Es würde vielleicht doch schwieriger werden, als sie gedacht hatte. Wenn sie jeden Tag eine Ausrede erfinden musste, um kein Eis zu essen, würde es schon bald auffallen.

Sie konnte nicht sagen, dass sie Eis nicht mochte, denn Amaryllis wusste, dass sie verrückt danach war. Letztes Jahr hatten sie in den Sommerferien nichts anderes getan als Sahneeis zu schlecken. Es blieb also nur zu hoffen, dass sie nicht allzu oft in den Eissalon gehen würden.

»Papa, gehen wir heute Abend dorthin?« Andreas' bittender Blick traf den seines Vaters im Rückspiegel.

»Ich weiß nicht …«

O nein, bitte nein! Anne fühlte Verzweiflung in sich aufsteigen.

»Bitte, Paps!«

Nein! Nein!

»Gut, nach dem Essen also.«

Amaryllis und Andreas nickten sich zufrieden zu.

Anne schlug mutlos die Augen nieder. Solche Dinge würden in den nächsten vierzehn Tagen wohl noch öfter dafür sorgen, dass ihr die Laune verdorben wurde.

Es war schon nach sechs, als sie endlich in Knokke ankamen. Es dauerte noch eine weitere halbe Stunde, bevor sie einen Parkplatz fanden. Es hatte fast den Anschein, als wäre ganz Belgien in den Osterferien hier versammelt, um die warme Frühlingssonne zu genießen!

Die meisten Leute hatten gerade ihren Tag am Strand beendet und schlenderten durch die Einkaufsstraßen. Die Caféterrassen waren voll von rot verbrannten Männern und gebräunten Frauen.

Hier und da quengelten übermüdete Kinder. Säuglinge lagen schlafend in ihren Kinderwägen, während die Großeltern genießerisch große Eisbecher auslöffelten.

Anne warf einen sehnsüchtigen Blick auf die großen Eiskugeln, mit warmer Schokoladensoße übergossen, mit einem frischen Fruchtcocktail gemischt oder mit Nüssen bestreut.

Wie lange war das her! Sie hätte weiß Gott was dafür gegeben, um noch einmal einen riesigen »Coupe Brásilienne« zu essen, zwei Kugeln Vanilleeis und zwei mit Pralinegeschmack, mit einer süßen Karamellsoße übergossen und mit kleinen Nüssen bestreut.

Aber sie musste es sich aus dem Kopf schlagen. Sie war auf

Diät. Noch ein paar Kilo runter und sie durfte wieder alles essen. Sie musste noch ein bisschen Geduld haben.

»Jetzt gehen wir erst einmal etwas essen«, beschloss Amaryllis' Vater und strich sich über den Bauch.

Mollige und dicke Menschen riefen bei Anne seltsame Gefühle hervor. Einerseits war sie immer froh, dass sie dicker waren als sie selbst, und auf der Straße lief sie gerne neben ihnen, denn dann fühlte sie sich nicht so fett. Andererseits verabscheute sie sie.

Sie konnte nicht verstehen, dass sie keinerlei Anstrengungen unternahmen, um abzunehmen, und sie ärgerte sich schrecklich, wenn sie etwas aßen. Schließlich und endlich verkörperten sie das, wogegen sie sich mit aller Macht auflehnte, das, was sie versuchte zu verhindern.

Bei Amaryllis' Vater war das anders. Er hatte auch eine Reserveschicht unter seiner Haut, aber bei ihm wirkte es eher wie ein kleiner Schönheitsfehler. Wenn er aß, überfiel sie nicht dasselbe Gefühl von Abscheu, das sie bei anderen empfand.

Manchmal bekam sie enormen Appetit, einfach nur, weil sie ihn essen sah. Sie bewunderte ihn ein bisschen. Dieser Mann aß alles, worauf er Lust hatte, er hatte keinen Adoniskörper, aber er machte sich auch keine Sorgen deswegen. Er fühlte sich gut, so wie er war, und außerdem liebte ihn seine Frau so, wie er war.

Was für ein Leben, dachte Anne. Sie stellte sich vor, dass sie später wegen eines Kilos mehr oder weniger nicht mehr wach liegen würde, während ihr Bauch wabbelnd über den Hosenrand hing und sie von ihrem gut aussehenden Ehemann zärtlich geküsst wurde.

Nein, das würde nie geschehen. Es war schön, dass andere das konnten, aber so etwas war ihr nicht beschieden. Sie wollte, musste und würde ein für alle Mal die schlanke Linie erreichen und sie mit aller Macht für den Rest ihres Lebens behalten.

Wenn das hieß, dass sie nie wieder in ihrem Leben naschen durfte, dann musste sie das eben so hinnehmen. Ohne diesen schlanken Körper würde sie nie einen Freund haben. Welcher Junge wollte schon so ein Dickerchen?

Die Mädchen waren doch genauso? Sie würde sich auch nie in Dickie Bill verlieben können, einen Klassenkameraden, der mindestens hundert Kilo wog.

»Möchte jemand chinesisch essen?«

Anne schüttelte den Kopf. Mit keiner Faser ihres Körpers mochte sie daran denken, Reis, reich an mörderischen Kohlenhydraten, scheußliche süßsaure Soße und fettes Rindfleisch in sich hineinzustopfen. Mit den Kalorien, die sie dann zu sich nahm, könnte sie noch eine ganze Woche lang auskommen! Nein, sie hatte mehr Lust auf ein vegetarisches Brötchen.

»Lasst uns hier reingehen«, schlug Andreas vor und sein Vater nickte. Es war ein kleines Restaurant, das sehr gemütlich wirkte.

Im Gegensatz zu den anderen Gaststätten, an denen sie vorbeigegangen waren, befanden sich in diesem hier nicht viele Gäste.

Sie gingen hinein und sofort überfiel Anne eine Mischung aus dem Duft frischer Muscheln, Fritten und Teigwaren und drang ihr tief in die Nase. Ihr Magen fing an zu knurren und das Wasser lief ihr im Mund zusammen.

Auf einmal verspürte sie einen enormen Drang, alles aufzugeben. Was hatte es für einen Sinn? Sie würde nie schön und schlank sein! Nach sieben Monaten wollte sie endlich wieder einmal normal essen. Durfte sie das vielleicht nicht? Hatte sie nicht das Recht, sich so zu ernähren wie andere Menschen auch?

Sie hatte plötzlich Lust auf eine große Portion fette, salzige Fritten mit einem großen Klecks Cocktailsoße darauf und einen riesengroßen Fleischspieß, der vor Fett triefte.

Oder ein großes Stück panierten Fisch mit Kartoffelpüree und Sauce tartare. Nein, einen riesigen Teller Scampi in rahmiger Knoblauchsoße mit knusprigen, goldgelben Fritten.

Tagliatelle! Darauf hatte sie erst richtig Lust! Heiße Tagliatellefäden in einer dicken, fetten Champignonrahmsoße und darüber geriebenen Käse!

»Lasst uns mit einem Aperitif anfangen«, schlug Amaryllis' Vater vor und schlug die Speisekarte auf.

Alle begannen nun andächtig die alkoholischen Getränke zu studieren, nur Anne starrte etwas benommen auf die Karte. Einen Aperitif! Wussten sie denn nicht, wie viele Kalorien in einem einzigen Glas steckten?

»Ich trinke nicht so gerne Alkohol«, versuchte sie. Vielleicht brauchte nicht jeder einen Aperitif zu nehmen.

Er zuckte mit den Schultern und sagte: »Nimm ruhig etwas. Das gehört dazu.«

»Nein, wirklich nicht. Ich mag keinen …«

Er ließ sie nicht ausreden. »Dann nimm einen Campari. Der schmeckt jedem. Auf die schönen Tage, die vor uns liegen.«

Alle starrten sie an. Erst wollte sie noch etwas sagen, beschloss dann aber, doch so zu tun wie alle anderen. Sie konnte ihnen doch nicht den Abend verderben! Sie durfte mit diesen Leuten gratis zwei Wochen lang verreisen, dann hatte sie doch nicht das Recht, ihren Willen durchzusetzen, oder?

Amaryllis erklärte, es würde ein Essen mit allem Drum und Dran werden, von der Vorspeise und der Suppe bis zum Nachtisch und dem Kaffee.

Anne krümmte sich, als sie das hörte. Sie schaute in die Speisekarte und die Buchstaben begannen vor ihren Augen zu tanzen. Hunderte von Gerichten standen da, in mittelalterlicher Schrift aufgezeichnet, schnörkelige Buchstaben, die ihr den kalten Schauer den Rücken hinunterlaufen ließen.

Eine Vorspeise. Was in Gottes Namen sollte sie als Vorspeise nehmen? Sie hatte schon Lust auf eine Portion Käse- und Fleischkroketten oder eine kleine Portion Scampi in Rahmsoße.

Nein, davon durfte sie sich nicht verleiten lassen. Sie musste etwas Gesundes nehmen. Während die anderen schon besprachen, welches Hauptgericht sie wählen würden, hielt Anne auf der Karte nach einem kleinen Salat Ausschau.

»Welche Vorspeise nimmst du?« Amaryllis spähte neugierig über ihre Karte hinweg zu ihrer Freundin.

Anne zuckte mit den Schultern. »Ich glaube, ich probiere mal den kleinen Griechischen Salat.«

»Gute Wahl«, lachte ihr Vater, »aber dann musst du sicher sein, dass du Schafkäse und Oliven magst.«

O nein, keinen Käse! Das war zu fett! Und Oliven, Oliven waren voller Öl! Fieberhaft ging sie in Gedanken durch, was mehr Kalorien enthielt, Garnelen oder Parmaschinken mit Melone.

»Dann nehme ich doch lieber den kleinen Ozeansalat«, beschloss sie.

Seufzend rieb sie sich über ihre schweißbedeckte Stirn. Was für eine Aktion! Um Himmels willen, sollte das ein entspanntes Abendessen sein?

Die Anstrengung wegen der Vorspeise war kaum abgeflaut, als sie sich schon nervös fragte, was sie sonst noch nehmen sollte. Es musste etwas mit wenig Kalorien sein, das stand fest.

Als sie die Menükarte überflog, überspülte sie eine Welle der Verzweiflung. Dieses Restaurant war eindeutig zu schick für einen gewöhnlichen Rohkostteller mit Brot. Gewaltige

Fleischgerichte mit allerlei Soßen und Beilagen, Muscheln auf hunderterlei Arten, Fischgerichte mit den rahmigsten Soßen, Teigwaren in allen Formen, alles gab es. Alles außer Rohkost.

Anne geriet in Panik. Sie musste sich jetzt schnell entscheiden. Die anderen sprachen schon über das Dessert. Sie holte tief Luft und kniff für einen Moment ihre Augen fest zusammen. Ohnmächtig fühlte sie, wie sich die beiden Mädchen wieder in ihren Kopf einschlichen.

Was hat die wenigsten Kalorien?

Salat, Tomate, rohes Gemüse.

Aber das gibt es nicht, Anne! Such etwas anderes aus, schnell, irgendwas!

Ich habe Lust auf Fritten mit Mayonnaise …

Nein, Anne. Nimm etwas Gesundes! Wähl jetzt endlich!

Ich weiß es nicht! Was ist das Beste? Forelle, Hühnerfilet, Muscheln, Beefsteak?

Nein, kein Beefsteak! Fisch war besser als Fleisch. Jetzt noch zwischen drei verschiedenen Fischgerichten wählen!

Sie spürte die Tränen hinter ihren Augenlidern brennen und tastete nach ihrer Hosentasche. Sie seufzte erleichtert, als sie merkte, dass es immer noch darin war, ihr Büchlein.

»Entschuldigt ihr mich einen Moment?«, fragte sie und stand auf. Mit großen Schritten lief sie zur Toilette, wo sie hastig das kleine, zerknitterte Ding aus ihrer Hosentasche zog.

Was für ein Glück, dass sie die Kalorientabelle mithatte! Nun konnte sie schnell nachsehen, welcher Fisch und welche Soße die wenigsten Kalorien enthielten!

Vor etwa drei Wochen hatte sie die Tabelle zufällig in einer Buchhandlung in der Stadt entdeckt. Ohne lange nachzudenken, hatte sie sie sofort gekauft und seither funktionierte es besser mit der Diät.

Sie hatte immer gedacht, ein Butterbrot mit Schmelz-käse könne nichts schaden, aber das wusste sie jetzt besser. Schmelzkäse enthielt manchmal gut fünfzig Prozent Fett!

Und wenn es ihr gelang, an einem Tag nur ein einziges Stück Torte zu essen und nichts anderes, hatte sie immer ge-dacht, sie habe an diesem Tag schrecklich wenig gegessen. Unsinn! Jetzt wusste sie, weshalb sie am nächsten Tag nie ab-genommen hatte. Mit so einem Stückchen Süßen führte sie sich auf einen Schlag mehr als vierhundert Kalorien zu! In Zukunft ließ sie die Finger von Torte!

Auch hatte sie nie gedacht, dass sie mit einem einzigen sauren Drops fünf ganze Kalorien zu sich nahm! Wie viele Kalorien musste sie in der Vergangenheit zu sich genommen haben, während sie glaubte, sie würde fast nichts essen?

Es war ein Geschenk des Himmels, dass sie jetzt nachschla-gen konnte, was gerade noch erlaubt war und was man nicht durchgehen lassen konnte.

Mit klopfendem Herzen blätterte sie bis zu den Fischge-richten. Das würde es also werden, Kabeljau. Damit stand ihre Wahl fest, denn es hatte nur ein Kabeljaugericht auf der Karte gestanden. Demnach lief es also auf diese eklige Senf-soße hinaus.

Ach, die Soße konnte sie genauso gut ein bisschen abscha-ben.

Erleichtert und ganz beruhigt ging sie zum Tisch zurück. Alle hatten schon ihre Karten geschlossen.

»Und, weißt du jetzt, was du bestellen wirst?«

»Kabeljau.«

Amaryllis fing an zu lachen. »Verrücktes Huhn! Hast du dir das gerade auf der Toilette überlegt?«

Anne lächelte schwach. »Genau.« Sie log doch nicht?

Der Kellner kam und wandte sich an Amaryllis' Vater. »Wünschen Sie auch die Tagessuppe, Tomatencremesuppe?«

Nein, nein, das wurde zu viel. Das musste sie einfach ablehnen. Sie gab schon mit dem Aperitif nach, dann durfte sie jetzt ruhig etwas ausschlagen. Aber noch bevor sie dazu die Gelegenheit bekam, bejahte er die Frage des Kellners.

»Ja, fünfmal die Tagessuppe.«

Dann bestellte jeder der Reihe nach. Erst Amaryllis. Sie nahm als Vorspeise eine Frühlingsrolle mit Garnelen und als Hauptgericht ein Beefsteak mit Pfefferrahmsoße und, Gott sei Dank, Fritten.

Das war schon mal gut. Insgesamt hatte sie schon doppelt so viele Kalorien wie Anne. Wenn sie nun bloß auch noch alles aufessen würde, denn Anne würde sich wieder schrecklich fühlen, wenn Amaryllis nicht viel aß. Sie musste diejenige sein, die ihren Teller nie leer machte. Die Menschen in ihrem Umfeld sollten sich darüber wundern, wie wenig sie aß.

Der Kellner stellte sich neben sie und wartete geduldig, als sie noch einen Moment mit der Bestellung des Aperitifs zögerte. Was nahm ihre Freundin? Porto? Dann konnte sie doch unmöglich etwas nehmen, das mehr Kalorien enthielt? Campari war schon an und für sich so gehaltvoll und dazu dann noch Fruchtsaft!

Der Mann hinter der Bar würde natürlich sofort spöttisch lachen und denken, es sei kein Wunder, dass sie so dick aussah, wenn sie immer so einen Aperitif bestellte!

»Für mich einen roten Porto.« Mit einem Gefühl von Überwindung bestellte sie ihr fettarmes Kabeljaufilet, leider mit Senfsoße und Kartoffelpüree. Denn Brot hatten sie nicht. Ach, sie würde einfach sagen, dass das Püree eigenartig schmeckte und dass sie es nicht mochte.

Mit dem Dessert warteten sie noch. Das war ganz nach ihrem Sinn. Sie würde schon mehr als genug zu verarbeiten haben.

Anne war schlecht vor Hunger und sie sah dauernd ungeduldig auf die Uhr. Warum dauerte es immer so lange, bevor man in einem Restaurant bedient wurde? Sie fiel fast vom Stängel. Sie war schon länger als vierundzwanzig Stunden ohne Essen.

Am Tag zuvor hatte sie lediglich zu Mittag eine Kleinigkeit gegessen und den Abend hatte sie bei Oma Nel verbracht. Sie hatte ihr weisgemacht, sie habe schon zu Hause gegessen.

Ihren Eltern hatte sie natürlich gesagt, Oma Nel habe für sie gekocht.

Am Morgen war sie wieder ausgesprochen früh aufgestanden und noch vor Mittag waren sie nach Knokke aufgebrochen.

Jetzt begann ihr Körper wirklich um Brennstoff zu flehen. Ihr Bauch war ganz aufgebläht und sie schwitzte schrecklich. Ihre Beine fühlten sich wieder schlaff an und es schien, als würden ihre Augäpfel jeden Moment aus den Augenhöhlen springen. Sie dankte Gott, als der Kellner endlich mit der Suppe kam.

Verdammt! Weshalb war sie froh, dass sie essen konnte? Sie durfte nicht essen! Abnehmen, das war ihre Aufgabe! Sie hätte böse sein müssen, als das Essen kam. Wer hatte die schlechte Anne in ihrem Kopf wieder zugelassen?

Vorsichtig nahm sie einen kleinen Löffel von der heißen Flüssigkeit. Sie war verrückt nach Tomatencremesuppe, leider.

Die anderen begannen herzhaft zu essen und zu ihrer Überraschung nahm Amaryllis sogar ein Stückchen Brot. »Isst du deine Suppe nicht?«

Anne schüttelte den Kopf. »Ich esse das nicht so gerne. Wahrscheinlich sind zu viele Tomaten drin.« Was für eine lächerliche Erklärung, dachte sie bei sich, aber sie schienen sie zu schlucken.

Der Drang, ihren Löffel zu nehmen und weiter von der Suppe zu essen, war so groß, dass sie beschloss, den Tisch für einen Moment zu verlassen. Sie musste sich vor sich selbst schützen. Sonst lief es doch noch verkehrt.

Zum zweiten Mal an diesem Abend ging sie zur Toilette. Aus Langeweile begann sie auf einem Fetzen Toilettenpapier auszurechnen, wie viele Kalorien Amaryllis heute zu sich nahm.

Ihr wurde klar, dass das Wahnsinn war. Welcher normale Mensch studierte alles, was seine Freunde aßen? Sie wusste sehr gut, dass es krankhaft war, wie sie Amaryllis' Essgewohnheiten beobachtete. Aber sie konnte es nicht ändern. Es war eines der seltsamen Dinge, die in den letzten Monaten zu einem Teil ihrer täglichen Handlungen geworden waren.

So war es seit ein paar Monaten auch notwendig geworden, dass sie jeden Abend ihr Nachtschränkchen abstaubte. Es war absurd, denn nach einem einzigen Tag lag dort kein Millimeter Staub, aber sie konnte nicht einschlafen, bevor sie nicht mit einem feuchten Tuch darübergewischt hatte.

Dazu bekam sie auch noch die Aufräumwut. Dann ärgerte sie sich über die kleinsten Sachen, die nicht an ihrem Platz standen, wie etwa die Gewürze im Küchenschrank. Wenn ihre Mutter mit dem Kochen fertig war, stellte sie die Gläschen immer lässig, fast mit geschlossenen Augen, in den Schrank zurück.

Anne kribbelte es dann überall und sie wurde ungenießbar, wenn sie sah, dass nicht alle Gläschen ordentlich standen und die Etiketten nach vorne wiesen.

Manchmal, wenn sie selbst den Tisch abräumte und anschließend noch mit dem Geschirrtuch über die Anrichte wischte, kam auf einmal so ein Drang in ihr auf, dass sie alles sauber machen musste. Es war schon verschiedentlich passiert, dass sie dann plötzlich anfing, wie eine Verrückte die

Kochplatte, die Küchenschränke und die gefliesten Wände sauber zu schrubben.

Hinterher fühlte sie sich oft sehr gut, sehr erleichtert. Aber das war nicht immer so. Es gab auch Dinge, die ihr allmählich zum Hals heraushingen. Zum Beispiel das Säubern ihres Teppichvorlegers neben dem Bett.

Jeden Abend, selbst wenn es schon nach zwölf war und auch wenn sie an diesem Tag schon gesaugt hatte, musste sie auf den Knien den Vorleger nach den kleinsten Staubpartikeln absuchen. Wenn sie es wagte, ins Bett zu gehen, bevor sie nicht jede Fluse abgezupft hatte, warf sie sich stundenlang hin und her. Sie konnte sich einfach nicht dazu bringen, schlafen zu gehen, wenn nicht jede Faser, jedes Pünktchen, das nicht auf den Vorleger gehörte, entfernt war. Dann fühlte sie sich so entsetzlich schlecht und schmutzig.

Anne seufzte und beschloss, dass es Zeit wurde, an den Tisch zurückzukehren. Sie stopfte das Büchlein wieder in ihre Tasche, holte zehn Tabletten hervor und spülte sie mit dem Wasserstrahl aus dem Hahn des Waschbeckens hinunter.

Als sie in den kleinen Saal zurückkam, sah sie, dass gerade die Vorspeise serviert wurde. Sie hatte wirklich absolut keine Lust auf Essen, so groß ihr Hunger auch war. Mit langen Zähnen stocherte sie ein bisschen in ihren Garnelen herum und nahm schließlich widerwillig einen Bissen von dem Salat. Um nicht undankbar zu wirken – Amaryllis' Eltern bezahlten immerhin die gesamte Mahlzeit –, versuchte sie so viel wie möglich von dem Salat und den Tomaten zu essen, sodass es doch so aussah, als habe sie viel aufgegessen.

Zu Annes großer Erleichterung aß Amaryllis alles auf, was sie bestellt hatte. Wenn sie so weitermachte, würden das die zwei schönsten Wochen ihres ganzen Lebens! Amaryllis ginge mit fünf Kilo mehr nach Hause, sie mit fünf Kilo weniger!

»Magst du die Garnelen etwa auch nicht?« Amaryllis sah sie forschend an.

Anne erschrak vor dem etwas feindseligen Ton. War sie wieder neidisch? Oder hielt sie es einfach nur für Geldverschwendung? Ach nein, sie hatten genug Geld. Sie gönnte ihr bloß keine gute Figur.

»O doch. Ich mag Garnelen, aber ich habe nicht viel Hunger und andernfalls schaffe ich gleich mein Hauptgericht nicht mehr.«

Andreas sah sie lächelnd an. »Schlau erkannt! Das Hauptgericht ist immer das Leckerste! Wir sind jetzt schon satt, während du schön deinen ganzen Teller leer futtern kannst!«

Sie nickte und schlug die Augen nieder. Schlau! Sehr schlau! Es verstand sich nämlich von selbst, dass sie vom Hauptgericht auch kaum etwas essen würde.

Na, klasse, dachte sie ironisch. Jetzt habe ich extra für den Höhepunkt der Mahlzeit Platz gelassen und nun wird mir der Fisch doch nicht schmecken, was? Und diese Soße, bah! Das Püree ist natürlich schon gar nicht, was ich erwartet hatte.

Genauso kam es. Und niemand sagte ein Wort. Erst als alle ihr Dessert bekamen, stieg eine dunkle Unwetterwolke über Annes Kopf auf.

Amaryllis und sie hatten jede ein Stück Apfelkuchen genommen. Anne hätte am liebsten nicht einmal davon probiert, aber das konnte sie den anderen nicht antun. Sonst hielten sie sie noch für ein verwöhntes Ding, weil sie beim Essen so wählerisch war. Wie ein Kleinkind, dem nichts schmeckt.

Nach einem kleinen Bissen von dem gezuckerten, supersüßen Gebäck verzog sie das Gesicht und schob den Teller von sich. Amüsiert sah sie zu, wie sich ihre Freundin ein Kilo nach dem anderen anfutterte.

Lange dauerte das nicht, denn Amaryllis sah, dass Anne

wieder mit dem Essen aufgehört hatte, und sagte: »Schmeckt es nicht?«

»Ein unangenehmer Geschmack. Vielleicht ein zu reifer Apfel.« Sie zuckte mit den Schultern und wartete ungeduldig auf den Moment, in dem Amaryllis noch einen Bissen nehmen würde.

Die legte nur ihre Gabel hin und nickte. »Du hast recht. Ich mag auch nichts mehr davon.«

Blöde Ziege! Ich hasse dich, dachte Anne. Sie spürte, dass sie rot wurde, und am liebsten hätte sie ihrer Freundin einen heftigen Schlag versetzt.

Warum konnte Amaryllis nicht einfach dick und hässlich werden, sodass sie einmal etwas wert sein konnte?

»Kommst du mit zum Strand?« Andreas sah sie hoffnungsvoll an. Amaryllis packte schon ihre Strandtasche.

Konnte sie ablehnen? Es war nun einmal eine Tatsache, dass sie keine Lust hatte, sich zwischen all den Baywatch-Models zu sonnen, aber da war ein kleiner flatternder Schmetterling in ihrem Bauch, der sie doch zu überreden wusste.

Sie klappte ihr Buch zu und nahm ein Handtuch vom Haken. »Nicht zu lang, denn ich bin schon rot genug!«

Sie sah, dass Andreas noch etwas sagen wollte, aber von der Anwesenheit seiner Schwester daran gehindert wurde. Als Amaryllis wenig später das Zimmer verließ, stellte er sich neben sie und gab ihr eine Tube Sonnenmilch. »Faktor zwanzig. Ich werde dir den Rücken einreiben …«

Verblüfft sah sie ihn an und er wurde feuerrot bis hinter die Ohren. »Natürlich nur, wenn du willst«, fügte er rasch hinzu.

Sie nickte und wandte ihm den Rücken zu. Er durfte auf keinen Fall sehen, dass sie vor Aufregung und Glück fast weinte. Ein Junge, ein gut aussehender Junge, der ihr den Rücken eincremen wollte! Womit um Himmels willen hatte sie das verdient?

»Fertig?« Amaryllis stürmte in einem ultrakurzen Wickelrock und dem Miniaturoberteil ihres Bikinis ins Zimmer.

Neidisch betrachtete Anne die schönen braunen Beine ihrer Freundin und starrte auf den flachen Bauch, der keinen Millimeter Fett aufwies. Sie ist einfach perfekt, dachte sie düster.

»Andreas, du gehst doch nicht mit, oder, Brüderchen?« Amaryllis lachte spöttisch und rollte die Augen. »Wenn die Retter uns mit dir sehen, haben wir nicht die geringste Chance!« Und sie blinzelte Anne zu.

Der arme Junge schluckte und zuckte mit den Schultern. »Ich hatte schon vor mitzugehen, aber …«

Anne fiel ihm ins Wort. »Komm doch mit. So schlimm ist das doch nicht, Lis?«

Ihre Freundin runzelte einen Augenblick die Stirn und sagte dann: »Also gut dann. Ich werde Mama fragen, ob sie mich fürs Aufpassen bezahlt.« Sie grinste und ging aus dem Zimmer.

Anne hasste es, wenn sich ihre Freundin so benahm. Wenn sie ihren Bruder so kindisch behandelte, bekam Anne immer ein unangenehmes Gefühl. Endlich fand sie mal einen Jungen, der nett zu ihr war, und dann war es der »kleine Bruder« ihrer besten Freundin. Nicht im Traum durfte sie daran denken, ihrer Freundin jemals zu erzählen, dass sie in ihren Bruder verliebt war. Amaryllis würde sie auslachen und für verrückt erklären! Wer verliebte sich denn schon in ihren Babybruder?

Wenn ihre Freundin es wusste, würde sie ständig das Gefühl haben, sie wäre in das lächerlichste Geschöpf der Welt verliebt!

Das wäre bestimmt so, denn so beschrieb Amaryllis ihren Bruder immer.

Als sie wenig später über den Deich spazierten – sie beide voran, Andreas ein paar Meter hinter ihnen schlendernd –, vermisste sie Sofie auf einmal ganz stark.

Sie erinnerte sich an den Sommer vor ein paar Jahren, als sie in den Ferien gemeinsam an der See gewesen waren. Nie im Leben hatten sie viel zusammen getan, aber in dem besagten Jahr war ihre Mutter sehr krank gewesen und ihr Vater hatte beschlossen, dass sie ein paar Wochen Ruhe brauchte.

Mit irgendeinem Sportverein waren sie damals nach Ostende gefahren. Weil sie noch nie allein auf Reisen gewesen waren, hatten sie anfangs schreckliches Heimweh. Vor allem Sofie fiel es schwer, sich der Gruppe anzupassen. Zum ersten Mal im Leben hatte sich Anne wie die große Schwester gefühlt und Sofie getröstet.

Weil ihre Freunde alle zu Hause geblieben waren, weit weg von Ostende, fühlten sie sich sehr einsam und brauchten gegenseitig ihre Freundschaft.

Wie nie zuvor hatten sie tagein, tagaus miteinander geschwatzt und getratscht. Während der gesamten Ferien wichen sie einander nicht von der Seite und es war, als lernten sie sich jetzt erst richtig kennen.

Abends hatten sie oft einen langen Strandspaziergang gemacht und dabei erzählten sie sich dann von ihren Traumjungs. Anne erfuhr, dass ihre Schwester schon vor Jahren ihren ersten Freund gehabt hatte, dass es ihr vor klassischer Musik eigentlich graute und dass sie gar nicht gerne Mathematik lernte. Sie hatte ihrer Schwester erzählt, wie total verknallt sie in Alex war, dass sie nicht einmal wagte ihn anzuschauen und dass sie sich auf einem Fest nicht zu tanzen traute.

Sie erfuhren unglaublich viele Dinge voneinander, Dinge,

die sie als Schwestern normalerweise schon Jahre zuvor hätten wissen müssen.

Aber nie hatten sie zusammen gespielt, immer hatten sie wie Feinde gewirkt, und dass sie als Schwestern auch Freundinnen sein konnten, daran hatte keine von ihnen jemals gedacht. Diese Sommerferien waren für beide eine richtige Offenbarung gewesen.

Nach den drei Wochen war es Anne so vorgekommen, als seien sie die besten Freundinnen. Sie freute sich darauf, einmal zu Hause mit ihrer Schwester bummeln zu gehen. Sie wollte alle Dinge tun, die sie normalerweise nur mit Amaryllis tat. Ihre gesamte Garderobe wollte sie Sofie leihen, sie wollte alles teilen, denn endlich waren sie »echte« Schwestern.

Doch die Idylle nahm ein abruptes Ende, als sie wieder nach Hause kamen und Sofies Freundinnen schon auf sie warteten. Plötzlich wurde nicht mehr geredet. Es wurden keine kleinen Geheimnisse mehr ausgetauscht. Die Beziehung zwischen den Schwestern war wieder wie zuvor. Sofie hatte ihre Freundinnen zurück. Sie war nicht länger einsam, sie brauchte ihre langweilige große Schwester nicht mehr.

Sehr lange hatte Anne dem nachgeweint, aber bis heute hatte sie kein einziges Wort darüber verloren. Die Sache war abgeschlossen, Sofie ging wieder ihren Weg, sie führte ihr Leben. Das hatte sie allmählich gelernt zu akzeptieren.

Doch sie vermisste manchmal eine Schwester, ein tolles Mädchen, dem sie alles erzählen konnte. So wie jetzt. Sie wünschte, Sofie würde jetzt neben ihr laufen und über ihre Beziehungen mit Jungen erzählen. Sie wollte gerne von ihrer Schwester lernen. Sofie hatte doch schon viel Erfahrung gesammelt, was die Liebe anging. Sie könnte sie vielleicht auch mal fragen, wie es ihr gelang, einen so schönen Körper zu haben.

Ach, sie wollte ihre Schwester so vieles fragen. Sie wollte gerne wissen, ob sie sich auch manchmal schlecht fühlte. Und dann könnte sie sie trösten und hätscheln.

Sie wollte so schrecklich gerne wissen, ob Sofie auch manchmal Kummer hatte und auch lieber tot sein wollte, ob sie wirklich immer so unbesorgt war, wie sie wirkte. Sie wünschte, sie würde ihre Schwester wieder einmal besser kennenlernen.

»Ist dir nicht furchtbar warm?«, fragte Amaryllis und warf ihren Wickelrock in den Sand. Andreas war auch schon in der Badehose und setzte zu einem erfrischenden Kopfsprung ins salzige Wasser an.

Anne schüttelte den Kopf. Sie dachte gar nicht daran, ihre Shorts und ihr langes T-Shirt auszuziehen! Das wäre vermutlich das Ereignis des Tages! Sie im Bikini am Strand! Nein, dann würde Andreas es sich schnell anders überlegen!

»Du gehst also nicht mit ins Wasser.« Amaryllis stemmte die Hände in die Hüften und sah ihre Freundin enttäuscht an. »Erzähl mir bloß nicht, dass du frierst!«

Anne zuckte mit den Schultern. Eigentlich fand sie es tatsächlich recht frisch, aber wenn sie das sagen würde, dachte ihre Freundin bestimmt, sie sei krank. »Ich habe bloß keine Lust zu schwimmen.«

»Früher hattest du immer Lust dazu.« Amaryllis ließ sich neben Anne auf das Handtuch plumpsen und beobachtete die schäumenden Wellen, die sich mit uhrwerksartiger Regelmäßigkeit auf den Strand warfen. »Traust du dich nicht, dich im Badeanzug zu zeigen, ist es das?«

Anne erschrak. War das denn so offensichtlich? »Mein Badeanzug ist schon so alt und verschlissen …«

»Du traust dich nicht, was? Du fühlst dich zu dick!« Amaryllis' Stimme hob sich und Anne erschrak vor ihrer Wut.

»Du brauchst nicht so zu schreien! Wenn du normal sprichst, höre ich dich auch!«

»Entschuldige. Aber es stimmt, nicht wahr? Du schämst dich für deinen Körper!«

Fast unmerklich nickte sie. »Ja, ich schäme mich. Na und?«

Amaryllis ergriff den Arm ihrer Freundin und kniff fest hinein.

»Du machst mir Angst, Anne! Hör doch damit auf! Ist dir eigentlich klar, was du da sagst? Hör auf damit!«

»Was …« Verwirrt löste sie sich aus dem festen Griff. Was hatte Amaryllis auf einmal?

»Ich kann es doch auch nicht ändern, dass mir ein Badeanzug nicht steht!«

Amaryllis sprang auf. Panik stand in ihren Augen: »Stopp damit, verdammt! Hör auf! Ich kann es nicht länger mit ansehen!« Mit diesen Worten rannte sie davon und tauchte in das kalte Wasser.

Anne starrte verwirrt vor sich hin. Was hatte sie denn Verkehrtes gesagt? Sie sagte doch nur, was sie dachte. Das war früher nie ein Problem für Amaryllis gewesen, warum denn jetzt? Das war wirklich der Gipfel! Durfte sie denn jetzt selbst bei ihrer besten Freundin nicht mehr sie selbst sein? Konnte sie nicht einmal mehr Amaryllis sagen, wie sie sich wirklich fühlte?

Anne seufzte und rieb flüchtig mit den Handrücken über ihre tränennasse Wange. Sie stand wirklich völlig allein da, wurde ihr jetzt klar. Niemand gönnte ihr auch nur irgendetwas! Es war nicht nur schlimm genug, dass ihre Eltern ihr untersagten abzunehmen, dass sie ihr verboten glücklich zu sein, nun konnte sie sich nicht einmal mehr Amaryllis anvertrauen.

»Ist was?«

»Nein, Andreas, es ist nichts.« Sie wandte den Kopf ab.

Jetzt brauchte sie auch keine Hilfe mehr. Sie wollte, dass alle verschwanden. Sie würde es schon allein lösen. Sie würde sich eben allein durchschlagen.

Es würde ihr bestimmt gelingen. Sie brauchte niemanden, der ihr half, um zu erreichen, was sie wollte. Sie brauchte nichts, nicht einmal Essen.

Vor allem kein Essen! Das Einzige, was sie brauchte, um zu überleben, war viel Liebe und Geborgenheit. Aber wo sollte sie die bloß suchen?

Anne kam wieder ins Wohnzimmer und streckte sich auf dem Sofa aus.

Es war fast halb sechs und sie hatte gerade wieder eine ganze Weile auf der Toilette verbracht. Sie nahm jetzt dreizehn Tabletten pro Tag und die Überdosis verlangte ihren Tribut. Die mörderischen Bauchschmerzen begannen nun gegen Mittag und ab etwa vier Uhr wurde der Schmerz unerträglich. Gleich wenn sie von der Schule nach Hause kam, versteckte sie sich in ihrem Zimmer, damit niemand ihr vor Schmerz verzerrtes Gesicht bemerkte.

Manchmal konnte sie nicht mehr aufrecht gehen. Dann krümmte sie sich weinend im Flur. Der Schmerz kam wie Wehen. Alle fünfzehn Minuten schien in ihrem Innersten die Hölle auszubrechen. In dem Moment, in dem sie zu sterben glaubte, wenn es schien, dass ihre Eingeweide zerrissen wurden, dann musste sie zur Toilette.

Es war immer eine richtige Erleichterung, zu fühlen, wie das brennende Wasser aus ihr heraustropfte. Sie fühlte sich sofort um zehn Kilo leichter. Die heftigen Stiche dauerten dann noch ein paar Minuten an. Wenn sie den Eindruck hatte, ihre Därme seien leer, verließ sie die Toilette wieder.

Leider nicht für lange. Der immer noch vorhandene ziehende Schmerz verwandelte sich schon bald wieder in unerträgliche Krämpfe und dann musste sie wieder zur Toilette rennen. Manchmal saß sie zwischen vier und sieben Uhr unablässig auf der Toilette. Dazu hatte sie ihr Leben gemacht!

Annes Mutter setzte sich aufs Sofa und starrte ihre Tochter an. »Blöd, dass wir nun früher losmussten.« Sie sprach über den Besuch bei einem Nachbarn, der im Krankenhaus lag, ein Besuch, der kürzer geworden war als geplant.

Anne hatte über schreckliche Bauchschmerzen geklagt und da waren sie schnell nach Hause gefahren.

»Ich kann doch nichts dafür, dass ich solche Bauchschmerzen habe!« Anne rieb sich den Bauch und machte ein düsteres Gesicht. Es sollte offensichtlich sein, dass sie schrecklich litt.

»Wie kommt es bloß, dass du solche Krämpfe hast? Das begreife ich nicht!« Ihre Mutter runzelte die Augenbrauen und sah ihre Tochter argwöhnisch an.

Anne fühlte, wie ihr ein Tropfen kalter Schweiß den Rücken hinunterlief. »Als ob ich das verstehen würde. Bestimmt Bauchgrippe oder so etwas.«

Ihre Mutter zuckte mit den Schultern und ging in die Küche, wo das Essen in den Töpfen vor sich hin kochte.

Himmel, dachte Anne. Blumenkohl in dicker, weißer Soße mit einer großen, fetten Bratwurst. Weshalb existierten solche ekligen Dinge überhaupt? Konnten sie denn nie mal an die Leute denken, die versuchten abzunehmen?

Als sie kurz darauf am Tisch saßen, wurde Anne wieder von einem heftigen Krampf überfallen. Sie hatte noch versucht ruhig sitzen zu bleiben, aber es war unmöglich; sie krümmte sich vor Schmerzen. Als unweigerliche Folge warfen sich ihre Eltern besorgte Blicke zu, als sie aufstand, um zur Toilette zu gehen.

Zu ihrem großen Entsetzen lauschte ihr Vater sogar kurz darauf an der Tür, um zu hören, was sie dort trieb. Ihr Herz stand still! Das durfte niemand erfahren! Die Tabletten waren ihr Geheimnis!

Sie tat so normal wie möglich, als sie sich wieder an den Tisch setzte.

»Mama, haben wir keinen Saft mehr im Haus gegen Verstopfung? Das macht mich noch ganz verrückt! Ich muss ganz dringend auf die Toilette, aber ich kann nicht!«

Innerlich prustete sie vor Lachen. Das Leben war doch komisch! Und was für eine gute Lügnerin sie war! Wieder würde es ihr gelingen, ihre Eltern auf eine falsche Fährte zu locken. Sie war einfach eine hervorragende Schauspielerin!

Leider hatte sie nicht mit dem sechsten Sinn gerechnet, den alle Mütter haben, denn ihre Mutter räusperte sich und sagte in misstrauischem Ton: »Du hast in letzter Zeit so oft Bauchschmerzen. Nimmst du etwas ein, um zur Toilette zu gehen?«

Anne stockte der Atem. Dann ließ sie ein lautes, schrilles Lachen hören.

»Dann würde ich doch gehen können, meinst du nicht auch?«

Ihre Mutter sah sie durchdringend an. »Erst ja, aber nach einiger Zeit nicht mehr!«

Anne zuckte so gleichgültig wie möglich mit den Schultern. Was für einen Unsinn brachte sie denn nun vor? Je mehr Tabletten sie nahm, desto besser funktionierte ihre Verdauung. Dann war es wie Wasser, sogar noch dünner. Gerade wenn sie ein paar Tage lang keine Tabletten nahm, schien es ihr, als habe sie Backsteine in den Därmen liegen! Ihre Mutter hatte ja keine Ahnung! Sie sollte lieber den Mund halten, sonst geriet sie noch zu dicht an die Wahrheit! Widerwillig nahm sie einen Bissen von der dicken Wurst und presste den letzten Rest Blumenkohl durch ihre Kehle. Heute hatte sie Glück, es war nicht zu viel auf ihrem Teller.

»Nimm noch eine Kartoffel, Anne.«

»Nein, ich habe genug.«

Ihre Mutter lächelte spöttisch. »Genug? Du vergehst vor Hunger. Wir sehen doch, dass du immer noch abnimmst! Ich bin sicher, du wirfst dein Mittagessen immer noch weg!«

Verdammt, wie konnte sie das wissen? »Das ist nicht wahr!«

»Dann nimm noch einen Löffel Kartoffeln!« Ihr Vater steckte den Löffel in die Schüssel und wartete darauf, dass sie ihren Teller heben würde.

»Ich habe genug«, behauptete sie wieder. »Mein Teller ist doch leer.«

»Ja, immer. Aber du nimmst nie etwas nach. Glaubst du denn, wir sehen nicht, dass du nie mehr isst, als was wir dir geben? Du isst so wenig wie möglich, gerade genug, um uns zufriedenzustellen.«

»Gar nicht wahr!« Anne fühlte Verzweiflung in sich aufsteigen. Sie spürte, dass sie dabei war, zu verlieren. Ihre Eltern saßen am längeren Hebel.

»Und ich bin davon überzeugt, dass du Tabletten nimmst. Immer diese Krämpfe …«

Anne sprang auf und rief empört: »Zwei Mal! Ich habe erst seit zwei Tagen Krämpfe!«

»Nein, nein! Früher bist du alle zwei Tage zur Toilette gegangen, jetzt fünfmal am Tag!«

»Das stimmt nicht! Das ist eine Lüge!« Jetzt liefen ihr die Tränen über die Wangen und sie ließ sich niedergeschlagen auf ihren Stuhl fallen. Hatte es eigentlich noch viel Sinn, zu leugnen?

Annes Vater warf sein Besteck hin und biss sich auf die Unterlippe. Er versuchte seine Wut zu unterdrücken. »Du nimmst Abführmittel, stimmt's?«

»Nein!!!« Ihre Stimme klang flehend. Sie fühlte sich schlecht, denn sie wollte gar nicht lügen, aber sie hatte keine Wahl.

»Glaubt mir doch, ich nehme keine Tabletten!« Innerlich betete sie, dass ihre Eltern ihr Glauben schenkten. Vielleicht hatte Gott noch Mitleid mit ihr. In dem Fall wäre er der Einzige, dachte sie verbittert.

Einen Augenblick war es mucksmäuschenstill im Raum. Die unheimliche Stille schuf eine Kluft zwischen Anne und ihren Eltern. Sie überlegten sich sicher gerade irgendeine schreckliche Strafe.

Mit angehaltenem Atem wartete sie auf den Ausbruch, auf das Urteil, das ihren Tod bedeuten würde.

Aber anstelle von lauten Worten seufzte ihre Mutter bloß. Sie schien von der ganzen Situation genug zu haben, als hätte sie sich mit Annes Leugnen abgefunden. Als hätte sie beschlossen, ihrer Tochter zu glauben und alles andere einfach wieder zu vergessen.

Anne seufzte erleichtert und wagte wieder Luft zu holen. Sollte sie doch ein weiteres Mal den Kopf aus der Schlinge gezogen haben?

Plötzlich faltete ihre Mutter resolut die Hände und sagte in kühlem Ton: »Ich will, dass die Waage aus dem Badezimmer verschwindet!«

Anne hatte das Gefühl, als würde ein Hammer mit großen, schweren Schlägen auf ihrem Kopf landen. Die Waage fort! Das bedeutete ihr Ende! Wenn sie nicht jeden Morgen erfuhr, wie viel sie abgenommen oder zugenommen hatte, würde sie verrückt werden!

Sie schob ihren Stuhl zurück und stürmte aus der Küche. Ratlos ließ sie sich auf ihr Bett fallen. Sie fühlte sich wie ein kleines Kind, dem man die Süßigkeiten weggenommen hat oder, besser noch, sein Kuscheltier, sein Schmusetier.

Sie musste wissen, wie viel sie jetzt wog! Ihr Bauch fühlte sich ganz geschwollen an – bestimmt wegen der fetten Wurst –, also hatte sie vermutlich zugenommen.

Sie presste ihren Kopf ins Kissen und begann zu schluchzen. Wie sollte sie nun weitermachen? Die Waage war alles, wofür sie noch lebte!

Nachts wälzte sie sich immer herum, nervös und voller Erwartung, was die Waage am nächsten Morgen zeigen würde. Nach dem Wiegeritual morgens sehnte sie sich den ganzen Tag nach dem Moment, in dem sie sich abends vor dem Schlafengehen wog.

Und jetzt nahmen sie ihr die Waage weg! Sie sollte es besser beenden, ihr sinnloses Leben … Aber dazu hatte sie ja doch nicht den Mut.

Nein, es blieb nur eine einzige Möglichkeit: Solange sie die Waage versteckten, würde sie noch weniger essen! Wenn sie glaubten, sie dazu zu bringen, mehr zu essen, indem sie ihr die Kontrolle über ihr Gewicht nahmen, dann hatten sie sich aber geschnitten!

Es war eine sehr logische Begründung, fand sie. Wenn sie nicht jeden Tag sehen konnte, wie viel sie wog, durfte sie nicht das Risiko eingehen, wieder zuzunehmen. Wenn sie dann noch weniger aß, müsste sie doch wieder abnehmen. Und wenn nicht, sprang sie eben aus dem Fenster …

Sie schniefte und wischte die Tränen weg. Ein schwaches Lächeln spielte um ihre Lippen. Sie fühlte sich wie eine Drogensüchtige, die eine Zeit lang ohne Stoff auskommen musste.

Die Waage war ihre Droge, eine gefährliche Droge, die ihr Leben vollständig beherrschte.

Anne fuhr sich verzweifelt mit einer Hand durch ihr kurzes Haar. Was sollte sie nur machen? Sie wusste nicht, wie lange sie es ohne die Sicherheit aushalten würde, ohne die eindeutigen Zahlen der Waage, aber sie wusste nur zu gut, dass sie es die kommenden Wochen ohne durchstehen musste. Und diese kommenden Wochen tanzten wie unendliche schwarze Löcher vor ihren Augen …

Sie bollerte wütend mit ihrem Kopf gegen die Wand. Wer war sie denn bloß? Warum konnte sie sich nicht schlecht benehmen? Warum konnte sie nicht böse werden? Sie begriff es nicht.

Als die Waage verschwand, hatte sie sich vorgenommen, sich ihren Eltern gegenüber sehr lästig und nervig zu benehmen. Sie würde grob und launisch sein und mit einem mürrischen Gesicht herumlaufen. Wenn man sie etwas fragte, würde sie gerade noch in arrogantem Ton antworten. Sie wäre das ungezogenste Wesen, sie würde sich so schlecht wie möglich benehmen, sie würde ihren Eltern das Leben sauer machen, solange die Waage versteckt blieb. So würde es sein.

Warum konnte sie das dann nicht? Sie wirkte wie das liebste Wesen der Welt! Wenn jemand etwas sagte, lachte sie freundlich, während sie innerlich vor Wut kochte.

Sie wollte schreien und toben, fluchen, aber aus ihrer Kehle kamen nur leise, sanfte Worte! Sie konnte einfach nicht böse werden!

Und wie war das noch mit dem Essen? Sie musste es vergessen, aus ihren Gedanken verbannen, aber stattdessen hörte sie nicht auf daran zu denken! Vor ihren Augen tauchten nun große Knusperriegel auf, Schokolade und noch viel mehr: Sahneeis mit Joghurt, herrliche Schüsseln, gefüllt mit Truthahn und Kroketten, ein goldgelb gebackenes Stück Fisch mit Püree, verschiedene Kuchen, jeder schmeckte anders, Süßigkeiten in Hülle und Fülle, riesige Milkshakes …

Jetzt, da sie versuchen musste, so wenig wie möglich zu essen, schien es, als könne sie von nichts die Finger lassen.

Kein einziger Krümel Nahrung in ihrer Umgebung war noch sicher. Wenn auf der Anrichte ein kleines Stück Spekulatius lag, den das Baby nicht ganz aufgegessen hatte, konnte man Gift darauf nehmen, dass sie es sich kurz darauf in den Mund stopfte.

Den kleinsten Rest, der auf den Tellern übrig blieb, aß sie heimlich auf. Wenn sie irgendwo etwas Süßes herumliegen sah, konnte sie sich nicht dazu zwingen, es liegen zu lassen.

Es war schrecklich! Sie war wie ein Wolf oder ein ausgehungerter Löwe!

Sie schlug sich mit den Fäusten auf die Schenkel. Was lief da bloß verkehrt bei ihr? Bei Tisch aß sie fast nichts mehr. Aber sobald sie allein war, stopfte sie sich alles in den Mund, was sie finden konnte!

Sie wartete geduldig, bis alle aus der Küche verschwunden waren, um dann den Tisch abzuräumen und alle Restchen aus den Schüsseln zu verschlingen. Sie bot an, das Baby zu hüten, weil sie dann das Haus für sich allein hatte und heimlich essen konnte.

Verflucht, weshalb konnte sie ihn auch nicht zurückhalten, diesen ekligen Drang, zu essen? Es war nie viel, was sie aß, sie konnte rechtzeitig damit aufhören, aber trotzdem fühlte sie sich wie ein Vielfraß, ein gieriges Monster. So wie heute.

Heute Morgen hatte sie nichts gegessen und heute Mittag nur ein Stück Brotkruste. Noch nie hatte sie sich so stolz gefühlt. Ihre Mutter hatte geholfen den Tisch abzuräumen, also hatte sie keine Reste genascht.

Aber als alle danach zum Einkaufen aufbrachen, ging sie in die Küche. Sie wusste, dass auf der Anrichte noch ein großes Stück Schokoladenkuchen stand, und dem konnte sie nicht länger widerstehen.

Während sie in ihrem tiefsten Inneren wusste, dass es verkehrt war, schnitt sie ein kleines Stück ab und schob es gierig in den Mund. Noch bevor sie es ganz hinuntergeschluckt hatte, fühlte sie sich bereits schrecklich schlecht. Und doch konnte dieses elende Gefühl sie nicht davon abhalten, einen kleinen Rest Früchtebrei aufzuessen, der von der Mahlzeit des Babys übrig geblieben war.

Zutiefst unglücklich ging sie danach ins Badezimmer, um zu überprüfen, ob ihr Magen sehr angeschwollen war, und zu ihrer großen Erleichterung war es nicht so schlimm. Ihr war schon klar, dass sie, über den ganzen Tag gesehen, nicht wirklich viel gegessen hatte, aber sie kam sich vor wie ein Nimmersatt, der alles verputzte, was herumstand. Das hieß, sie hatte keinen Charakter. Sie konnte nicht einmal einem kleinen Klecks Früchtebrei widerstehen! Wie tief war sie denn nur gesunken?

Sie fühlte sich völlig verloren in der großen grausamen Welt.

Jetzt lebte sie ohne Sicherheit, ohne Bestätigung, wusste nicht, was sie tun sollte, um nicht verrückt zu werden. Es war schrecklich frustrierend, den ganzen Tag Hunger leiden zu müssen und dann abends nicht sehen zu können, was die Belohnung oder die Strafe dafür war, abgenommen oder zugenommen!

Wenn sie sich den ganzen Tag gewaltig anstrengte wenig zu essen, war es ein richtiges Fest, wenn sie abends sah, dass sie abgenommen hatte. Dann vergaß sie sofort das Leid des Tages, den Hunger und den Schmerz, den sie zuvor gehabt hatte.

Anne plumpste auf ihr Bett und sah sich verwirrt im Zimmer um, als könnte sie auf den kühlen Wänden eine Antwort auf die Frage finden, die ihr nun schon so lange durch den Kopf spukte: Hatte sie selbst dafür gesorgt, dass ihr Leben so elend geworden war?

Sie verbarg ihr Gesicht in den Händen und begann zu schluchzen.

Sie hielt es nicht mehr länger aus! Sie musste wissen, wie viel sie wog! Es war eine Notwendigkeit, lebenswichtig!

Sie war sich fast sicher, dass sie wieder fünfzig Kilo wog, wenn sie an ihren dicken Bauch dachte. Aber sie hatte es satt, »fast sicher« zu sein. Sie wollte Gewissheit!

Gab es denn niemanden, der begriff, dass sie kein Leben mehr hatte, wenn sie nicht genau wusste, wie viel sie wog?

Ihre Eltern dachten vielleicht, sie würde mit dem Abnehmen aufhören, sobald sie nicht jeden Tag sehen konnte, wie dick sie war, aber so funktionierte das einfach nicht!

Wenn sie sich wog, fühlte sie sich so dick, wie sie war, im Moment fühlte sie sich, als würde sie sechzig Kilo wiegen! Und mit diesem Gedanken konnte sie nicht leben! Tagelang würde sie sich nun scheußlich fühlen, das war einfach so.

Früher hatte sie sich dann auf die Waage gestellt und bei einem niedrigeren Gewicht hatte sie sich gesagt: »Okay, das habe ich heute gut gemacht. Ich kann stolz auf mich sein.« Wenn ein höheres Gewicht erschien, fluchte sie: »Verdammt, du Kalb, iss doch weniger! Morgen esse ich wirklich nichts mehr!«

Begriff denn niemand, dass die Waage eine Art Aufputschmittel war? Hatte sie abgenommen, fühlte sie sich stolz und gut, sonst scheußlich. Jetzt konnte sie nicht länger sehen, ob sie abgenommen hatte, also konnte sie das Risiko nicht auf sich nehmen, sich gut zu fühlen, während sie vielleicht zugenommen hatte!

Sie fragte sich nun den ganzen Tag lang, wie viel sie wohl wiegen würde, und litt schrecklich dabei.

Sie fühlte sich jeden Tag scheußlich, sie hasste sich jeden Tag immer mehr. Das Verschwinden der Waage brachte ihr gesamtes Leben so durcheinander und es machte sie so ohnmächtig, dass sie sich binnen Kurzem umbringen würde!

Sie dachte in den letzten Tagen oft daran, aber ihr Mut

schwand jedes Mal. Für Amaryllis hatte sie sogar schon einen Abschiedsbrief geschrieben, in dem stand, dass sie sie nicht für eine Selbstmörderin halten dürfe. Ihre Mutter war die Mörderin! Sie presste alles Leben aus ihrer Tochter, sie ermordete Anne.

Langsam, nicht mit einem Revolver, nicht mit einem Messer, nicht mit Gift, nein, ganz langsam, damit sie ganz sicher sehr heftig leiden würde, Stückchen für Stückchen trieb sie sie in den Tod, indem sie ihr ihre Sicherheit nahm.

Ihre Mutter wusste sicherlich nicht, wie viel Schmerz sie ihr zufügte, indem sie die Waage versteckte, ihr war bestimmt nicht klar, dass sie dabei war, die Rolle einer Mörderin zu spielen. Ohne die Waage war Annes Leben dazu verurteilt, langsam in der unendlichen Tiefe des Todes zu verschwinden. Ohne die Waage konnte sie nicht am Leben bleiben. Die Waage war es, was sie jeden Tag brauchte.

Mai

Auf Zehenspitzen schlich Anne in das Zimmer ihrer Eltern und kniete neben dem Bett nieder. So leise wie möglich zog sie die Waage darunter hervor und warf ihren Schlafanzug auf das Bett. Mit angehaltenem Atem stellte sie ihren nackten Körper auf die Waage und seufzte erleichtert. 41,3 Kilo!

Als sie kurz darauf wieder in ihrem Zimmer war, ließ sie sich lachend auf ihr Bett fallen. Wie war das möglich?! In den beiden Wochen, in denen die Waage versteckt war, hatte sie es geschafft, mehr als drei Kilo abzunehmen!

Sie lächelte amüsiert, als sie daran dachte, dass sie ihre Eltern wieder überlistet hatte.

Vorgestern war sie einen ganzen Tag allein zu Hause geblieben, und weil sie an nichts anderes mehr denken konnte, hatte sie sich auf die Suche nach der Waage gemacht. Überall hatte sie gesucht, in jeder noch so kleinen Nische, in jedem Schrank hatte sie herumgeschnüffelt.

Als sie ein paar Stunden später erschöpft aufs Sofa plumpste, fiel ihr plötzlich ein, einen kurzen Blick unter das Bett ihrer Eltern zu werfen. Dieses Versteck wäre wahrscheinlich zu vorhersehbar, zu logisch, aber was hatte sie schon zu verlieren?

Und siehe da, die Waage wartete dort in aller Unschuld auf sie. Was sie in diesem Moment empfunden hatte, war unbeschreiblich.

Als würde sie an einer tödlichen Krankheit leiden, gegen die man nun plötzlich ein Medikament gefunden hätte. Sie fühlte sich wie neugeboren. Plötzlich hatte sie wieder Lust, aufzustehen, zu atmen, zu leben!

Mit klopfendem Herzen hatte sie sich gewogen und zu ihrer großen Verblüffung hatte sie 41,5 abgelesen. Erst konnte sie ihren Augen nicht glauben und hatte sich bestimmt noch viermal auf die Waage gestellt.

Dann überlegte sie, dass die Waage vielleicht weniger anzeigte, weil sie auf einem anderen Untergrund stand. Sie hatte einmal ihren Vater sagen hören, dass er weniger wog, wenn er die Waage auf den Holzfußboden stellte, als wenn sie auf dem Linoleum stand. Aufgeregt war sie mit dem Gerät ins Badezimmer gerannt, aber auch dort hatte sie 41,5 Kilo gewogen! Dieser Tag hatte ihr nicht mehr verdorben werden können.

Und nun schlich sie sich jeden Abend ins Zimmer ihrer Eltern, um sich zu wiegen. Das war immer eine nervenaufreibende Angelegenheit, denn die Gefahr war groß, dass jemand gerade dann ins Zimmer kam, wenn sie nackt auf der Waage stand.

Sie brauchte immer etwa fünf Minuten, bis sie wieder bei Atem war und die Spannung verarbeiten konnte.

Auf jeden Fall war ihr Leben nun doch wieder lebenswert. Sie nahm mehr ab als je zuvor und es kam ihr sogar so vor, als sei ihr Hinterteil tatsächlich ein wenig flacher geworden. Bald würde sie ein T-Shirt in der Hose tragen können! Bald wäre sie richtig schlank!

»Los, Anne, iss!«

»Nein, ich habe keinen Hunger.« Sie hatte heute schon ein Brot mit Schmelzkäse essen müssen, das war mehr als genug. Außerdem waren ihre Tabletten fast aufgebraucht, also musste sie sehr vorsichtig sein.

»Iss, sage ich! Nimm ein Butterbrot und iss!« Die Augen ihrer Mutter sprühten Funken. Ihr Gesicht war hochrot. Ihr Vater starrte sie mit strengem Blick an, aber das ließ sie nicht länger schaudern.

Früher hätte sie vielleicht brav genickt, jetzt war es lebenswichtig, dass sie sich weigerte.

»Wenn ich aber keinen Hunger habe? Man soll doch nur essen, wenn man Hunger hat!«

»Du hast Hunger!«

»Woher willst du denn wissen, dass ich Hunger habe?«, schnauzte sie ihre Mutter an.

Die machte den Mund auf, um noch etwas zu sagen, aber ihr Vater kam ihr zuvor. »Ich will dein Taschengeld sehen, jetzt sofort, auf der Stelle!«

Sie schluckte. Sie hatte gar kein Taschengeld mehr.

»Hol dein Taschengeld, sonst schicken wir dich in ein Internat!« Er drohte aus Ohnmacht. Der arme Mann war mit seinem Latein am Ende.

Anne lächelte falsch. Wenn sie das doch bloß machen würden! Wenn sie in einem Internat war, konnte sie tun, wozu sie Lust hatte. Sie würde nie mehr essen brauchen und sie würde nichts mehr für die Schule tun. Das war ihr alles egal, nur abnehmen zählte noch.

»Wirst du jetzt endlich essen?« Ihre Mutter sah sie durchdringend an und biss sich auf die Lippe.

Anne schwieg und starrte weiter mürrisch vor sich hin. Wenn sie doch keinen Hunger hatte, verdammt!

Einen Augenblick warteten ihre Eltern auf eine Reaktion, aber als die nicht erfolgte, stand ihr Vater abrupt auf. »Zieh deine Jacke an. Wir gehen zur Ärztin.«

Anne merkte, wie ihr die Beine weich wurden, aber sie beschloss mitzugehen. Wenn sie jetzt wie ein kleines Kind anfing zu strampeln und zu treten, würden ihre Eltern bestimmt annehmen, sie habe etwas zu verbergen.

Nein, es war besser, wenn sie das Spiel einfach mitspielte. Sie würde sagen, was sie hören wollten, und dann wäre schnell alles wieder in Ordnung.

Als sie dann im Sprechzimmer der Ärztin saßen, konnte sie es nicht lassen, unaufhörlich zu lächeln. Sie amüsierte sich überhaupt nicht und es gab gar nichts Witziges an der ganzen Situation, aber auf diese Weise konnte niemand sehen, wie verzweifelt sie war und welche Angst sie hatte.

»Wo liegt das Problem?« Die Ärztin wandte sich an Annes Eltern.

»Unsere Anne isst nicht mehr! Sie verweigert einfach alles! Sie geht auch bis zu fünfmal täglich zur Toilette. Unserer Meinung nach nimmt sie Abführmittel.«

Lügner! Widerliche Erwachsene, dreckige Petzen! Sie aß sehr wohl! Gottverdammt, sie fraß doch mehr als genug! Wie war es sonst zu erklären, dass sie in den letzten Tagen fast nichts abnahm?

»Stimmt das, Anne?«, fragte die Frau übertrieben freundlich.

Anne schüttelte den Kopf. »Ich esse sehr wohl. Und ich nehme überhaupt keine Tabletten.«

Aus den Augenwinkeln sah sie, wie ihr Vater den Kopf schüttelte und ihre Mutter auf die Ärztin starrte.

Es war ein echter Kampf zwischen ihr und ihren Eltern, das war ihnen allen bewusst. Wem würde die Ärztin glauben? Würde sie auf Annes Lügen hereinfallen?

»Hast du abgenommen?«

Leugnen konnte sie nicht, das war ihr klar. »Ein bisschen.«

»Wie viel hast du vor drei Monaten gewogen?«

»Fünfundfünfzig Kilo«, log sie.

»Und jetzt?«

»So um die fünfzig.« Dachte diese Frau im Ernst, sie würde erzählen, dass sie fast vierzig Kilo wog? All diese Erwachsenen hielten ein solches Gewicht bestimmt für zu wenig. Sie würden sie fett haben wollen!

»Gut. Ich schlage vor, du schreibst heute Abend auf, wie du über alles denkst, und dann kommst du morgen früh zu einem kurzen Gespräch zu mir.«

Anne warf ihren Eltern einen Blick zu und stellte fest, dass diese einverstanden waren. Ihr Vater sah müde aus, ihre Mutter seufzte, als sie gingen.

Während der Heimfahrt sagte niemand ein Wort. Anne dachte an den Aufsatz, den sie gleich noch schreiben sollte. Erfinderisch, wie sie war, würde sie bestimmt etwas Schönes daraus machen …

Meine Eltern sind der Ansicht, dass ich Essstörungen habe. Ich kann Ihnen versichern, dass das Unsinn ist. Morgens kriege ich einfach nichts runter, weil ich gerade erst aufgewacht bin. Eine Stunde später würde ich schon essen können. Weil ich morgens nichts esse, trinke ich normalerweise ein oder zwei Gläser Fruchtsaft. Mittags esse ich meine Butterbrote auf und jeden Tag nimmt irgendeiner meiner Freunde eine Portion Fritten in der Kantine, sodass wir immer mitessen können. Abends esse ich nicht viel, weil ich schlichtweg keinen Hunger habe.

Heute Abend schon gar nicht, weil ich heute Mittag bereits Butterbrote und Fritten gegessen habe, und bei meiner Freundin zu Hause habe ich noch ein paar Waffeln genascht.

Der Grund, weswegen meine Eltern denken, dass ich ein Essproblem habe, liegt einfach darin, dass sie mich nicht essen sehen. Außerdem sind sie daran gewöhnt, viel zu essen, sie nehmen nun einmal nicht zu von vier Scheiben Brot pro Mahlzeit.

Ich kann doch nichts dafür, dass ich nach zwei Butterbroten satt bin. Nun weiß doch der dümmste Esel, dass man keine Essstörungen hat, nur weil man mit weniger Nahrung auskommt.

Ich kann Ihnen versichern, dass ich keine Probleme mit dem Essen habe. Ich würde sogar behaupten, dass ich eigentlich etwas zu viel esse. Aber im Verhältnis zu meiner Größe habe ich das richtige Gewicht, also brauche ich mir eigentlich keine Sorgen zu machen. Im Übrigen habe ich Freunde, die dicker sind. Ich bin nicht die Schlankste der Klasse, aber wenn man sehr dünn ist, hat man gar keine Figur und ist wie ein Kind. So will ich nicht sein.

Ich mache nichts Besonderes, um abzunehmen, ich passe nur ein bisschen auf, was ich esse. Ich will eben nicht dicker werden. Wenn ich an einem Tag zu viel gegessen habe, esse ich am nächsten einfach etwas weniger. Das ist doch nicht schlimm?

Mein Vater sagt auch, dass er glaubt, ich hätte einen Backstein auf der Seele liegen, über den ich nicht reden will. Es ist nicht einmal ein Kieselsteinchen. Die Pubertät ist nun einmal eine schwierige Zeit, auch für mich.

Im Allgemeinen habe ich keine Probleme. Ich habe fantastische Freunde, in der Schule läuft alles und ich bin verliebt. Es gibt wirklich nichts, weswegen ich mich unglücklich fühle.

Also noch einmal, es gibt nichts Beunruhigendes, was meine Mahlzeiten betrifft. Ich kriege wirklich genug. Aber ich verstehe, dass meine Eltern sich Sorgen machen. Sie sehen nur, dass ich morgens nicht esse, aber nur weil ich Kekse, Schokolade und andere Süßigkeiten ausschlage, habe ich noch lange kein Essproblem.

Ich orientiere mich wirklich nicht an Fotomodellen, sie sind so dünn und wahrscheinlich sind sie nicht richtig gesund. Sie dürfen wahrscheinlich nie Sahneeis oder Schokolade essen, das würde ich nie durchhalten. Ich achte auf meine Linie, aber ich will schon noch all diese leckeren Dinge genießen.

Das ist wirklich alles, was ich erzählen kann. Nein, vielleicht noch, dass meine Eltern ... Sie halten sich doch an Ihre Schweigepflicht, nicht wahr ... Meine Eltern sind so schnell besorgt und machen aus der kleinsten Mücke einen Elefanten. Sie brauchen wirklich nicht an sogenannte Essstörungen zu denken, sie sehen nur Gespenster!

Ich zermartere mir das Hirn, aber ich kann in meinem erschöpften Geist keine Worte mehr finden. Es ist nun schon spät und außerdem muss ich morgen früh aufstehen, um mit Ihnen zu sprechen. Ich habe versucht meine Hausaufgabe so gut wie möglich zu machen und ich hoffe, es steht alles darin, was Sie wissen wollen.

Anne

Die Ärztin faltete den Brief wieder zusammen und lächelte. »Schöne Arbeit. Ich bin auch tatsächlich der Ansicht, dass du nicht an Essstörungen leidest. Du wirkst zwar ein bisschen dünn, aber es gibt keinen Grund zur Sorge. Sollen wir deine Mutter dazurufen?«

Anne nickte und seufzte erleichtert. Das war ihr doch wieder sauber gelungen!

Als ihre Mutter kam, lief es doch noch verkehrt. Der Ärztin konnte sie die Hucke volllügen, aber ihre Mutter kannte sie.

»Aber, Frau Doktor, was ist das dann für ein merkwürdiges Verhalten? Sie isst nicht! Sie erleben nicht, wie Anne zu Hause ist! Und was ist mit den Stunden, die sie dann auf der Toilette verbringt?«

Einen Augenblick dachte Anne, dass sie jetzt in der Falle saß. Ihre Mutter, diese Nörglerin, würde alles verderben. Warum war sie nur so schlau? Warum durchschaute sie alles so schnell? Gleich brachte sie die Ärztin noch zum Nachdenken!

»Ich glaube wirklich nicht, dass es ein Problem gibt. Anne, fällt es dir schwer, zuzugeben, dass du manchmal naschst?«

Was war das denn nun wieder für eine Frage? »Nein, es ist wahr, dass ich ab und zu gerne einen Schokoladenriegel esse. Ich kann so etwas leicht zugeben …«

»Und dieses Problem mit der Toilette, wie steht es damit?«

Sie seufzte. Schnell nachdenken … »Ich gehe jetzt öfter als früher, aber bestimmt nicht viermal am Tag. In letzter Zeit kann ich übrigens weniger gut gehen.«

»Das liegt bestimmt an dem Codein im Hustensaft, den ich dir vergangene Woche verschrieben habe. Aber weshalb sitzt du dann so lange dort? Ist es dort ruhig oder liest du?«

»Ja, ich nehme mir manchmal ein Buch mit und lese und ich fühle mich entspannt dort, ja.«

Annes Herz schlug heftiger. Die Ärztin glaubte alles! Sie war völlig überzeugt von Annes Lügen und wusste auf alle Fragen ihrer Mutter eine perfekte Antwort. Sie beruhigte sie und versicherte ihr, dass es keine Probleme gab.

»Sehen Sie denn nicht, wie dünn sie ist? Ich glaube nicht, dass sie fünfzig Kilo wiegt!«

Die Ärztin seufzte. Offensichtlich war sie der Ansicht, dass man dieser unendlichen Sorge ein Ende bereiten müsse.

»Gut, dann sagen wir, dass Anne jeden Donnerstag zu mir

kommt, um sich zu wiegen. Ein paar Wochen lang. Dann wissen wir es sicher bald.«

O nein, das war eine Katastrophe! Sie konnte doch nicht extra zunehmen, um fünfzig Kilo zu wiegen! Aber die Ärztin durfte nicht erfahren, dass sie vierzig Kilo wog! Jetzt saß sie wirklich in der Patsche! Was sollte sie denn nur machen? In drei Tagen sollte sie gleich zehn Kilo mehr wiegen! Das war nicht zu schaffen!

Als sie an diesem Mittag nach Hause kam, war sie sehr deprimiert. Zum ersten Mal wusste sie nicht, wie sie den Kopf aus der Schlinge ziehen sollte. Diesmal konnte sie sich keinen Plan ausdenken, um die Feinde hinters Licht zu führen.

»Anne, kommst du?«

»Ja, sofort!« Schnell trank sie die letzte Flasche Wasser aus und rieb sich stöhnend über ihren prallen Bauch. Sie hatte gerade drei Liter Wasser getrunken und das gefiel ihrem Magen nicht besonders. Sie kontrollierte noch schnell, ob die kleinen Gewichte richtig saßen, und ging dann zum Auto.

Das mit den Gewichten hatte sie sich in der vergangenen Woche überlegt. Bei Amaryllis hatte sie die Bleiblöckchen entdeckt und die hatte sie heimlich mitgenommen. Diese kleinen Dinger steckten jetzt alle in ihrem Slip und den Strümpfen, sogar in ihrem BH, denn aus irgendeinem Grund war der ungefähr zehn Nummern zu groß geworden.

Das Wasser und das Blei sorgten dafür, dass sie bei der Ärztin bestimmt genug wiegen würde.

Letzten Donnerstag hatte es auch problemlos geklappt. Sie durfte ihren Pullover anbehalten und die Ärztin merkte nichts, als der dünne Körper auf Spinnenbeinen für ein Gewicht von 50,2 Kilo sorgte.

Ihre Mutter hatte erleichtert gelächelt, aber sie selbst war nicht weniger froh gewesen. Für einen Augenblick hatte sie befürchtet, dass ihr ganzer Abmagerungsplan zerschlagen würde, dass alle Mühe umsonst gewesen wäre, aber zum Glück hatte sie rechtzeitig eine Lösung gefunden.

Nach dem Wiegen sprachen sie immer noch kurz über die Schwierigkeiten in der Pubertät. Das hasste sie. Anne musste nämlich immer dringend zur Toilette. Ihre Blase konnte die drei Liter nicht sehr lange halten. Und in der Praxis zur Toilette zu gehen riskierte sie nicht. Nur mal angenommen, die Ärztin würde etwas vermuten und beschließen, sie noch einmal zu wiegen! Dann würde sie auf einmal ein paar Kilo weniger auf die Waage bringen und wie sollte sie das dann erklären?

Als sie sich heute wieder auf die Waage stellte und immer noch gleich viel wog, sagte die Ärztin: »Ich glaube, dass wir diese Kontrollen nun nicht mehr machen brauchen.«

Annes Mutter zuckte mit den Schultern. »Ich verstehe das nicht. Du isst nicht und wiegst trotzdem so viel?«

»Ach, Mama, ich esse sehr wohl.« Hör doch auf, immer darauf herumzureiten, Mensch, dachte sie. Jetzt, da sie beinahe ihr Gewicht erreicht hatte, würde sie es doch nicht noch verderben?

»Ich denke, es besteht wirklich kein Grund zur Beunruhigung.«

Ihre Mutter nickte kaum merklich, und nachdem sie sich verabschiedet hatten, verließen sie das Sprechzimmer. Als sie wenig später im Auto saßen, flüsterte ihre Mutter noch: »Und trotzdem begreife ich es nicht!«

Anne zuckte mit den Schultern und beschloss, nicht darauf einzugehen. Sollte sich ihre Mutter doch dumm und dämlich suchen nach Antworten, in der Zwischenzeit konnte sie ruhig weiter abnehmen, denn jetzt gab es nichts mehr, was sie davon abhielt.

»Solltest du nicht mal etwas essen?« Amaryllis tickte mit ihren Nägeln auf den Tisch und sah ihre Freundin eindringlich an.

»Ich habe keinen Hunger, wirklich nicht.«

»Ich glaube dir nicht mehr, Anne. Sag mir mal ehrlich, wie viel hast du abgenommen?«

»Weshalb willst du das so unbedingt wissen?«

»Weil ich sehe, dass du schrecklich dünn wirst, und ich mir Sorgen mache.« Sie fummelte unbehaglich an den losen Fäden ihres Sommerpullovers herum.

»Du brauchst dir keine Sorgen zu machen. Das habe ich jetzt schon so oft gesagt.«

»Du bist schon seit Ewigkeiten auf Diät, Anne. Ich verstehe das nicht.«

Anne lächelte gezwungen. Natürlich verstand Amaryllis das nicht. Sie hatte alles. Sie brauchte nicht mit einem dicken, plumpen Körper durchs Leben zu gehen. Sie brauchte keine Diät. »So schrecklich lange bin ich nun auch noch nicht auf Diät, Lis. Erst seit September.«

»Das sind aber schon neun Monate, Mädchen. Das ist nicht normal.« Sie wirkte sehr besorgt. Wie in Gottes Namen sollte sie Anne helfen?

»Ach, ich höre bald auf damit. Ich bin beinahe am Ziel.«

»Wie viel hast du schon verloren?«

»Zehn Kilo.« Sollte sie es ihr wirklich nicht erzählen können? Sie wollte schrecklich gerne wieder jemanden in ihr Leben einbeziehen. Sie war es leid, Tag für Tag nur mit ihrem Tagebuch zu sprechen. Es gab niemals eine Antwort. Sie brauchte eine Freundin. Eine echte Freundin. Und vielleicht könnte sie sich Geld von ihr leihen, wenn Amaryllis es wusste, denn sie brauchte dringend wieder Tabletten.

Amaryllis schüttelte den Kopf. »Ehrlich, Anne.«

Sie zuckte mit den Schultern. »Fast zwanzig Kilo«, flüsterte sie kaum hörbar.

Amaryllis schlug sich mit der Hand aufs Knie und schrie leicht auf. »Zwanzig?«

»Das hat nichts zu bedeuten …« Ihre Freundin würde doch sicherlich nicht anfangen, ihr eine Predigt zu halten?

»Hat nichts zu bedeuten, Anne? Ist das alles normal?«

Anne erschrak vor der plötzlichen und heftigen Reaktion. »Was hast du denn? Bist du nicht froh, dass du es endlich weißt?«

Sie schüttelte den Kopf. »Nein. Jetzt hätte ich es lieber doch nicht gewusst. Gott, Anne, was tust du da?«

»Was meinst du denn?« War sie wieder neidisch? Musste sie denn immer die Schlankste und Beste in allem sein wollen?

»Was sagen deine Eltern dazu, dass du so stark abnimmst?«, wollte Amaryllis wissen.

»Nicht viel. Neulich sind wir bei einer Ärztin gewesen und die sagte, es sei alles normal.«

»Das glaubst du doch selbst nicht!« Amaryllis lachte spöttisch.

»Was soll ich denn glauben? Dass ich verrückt bin? Ist es das? Hältst du mich für verrückt? Bin ich verrückt, weil ich schlank sein will?« Anne wurde wütend. Wie dumm war sie gewesen zu denken, dass Amaryllis noch ihre Freundin sein konnte!

»Du bist nicht verrückt. Du bist krank.« Amaryllis' Stimme zitterte und in ihren Augen glänzten Tränen. War sie denn wirklich die Einzige, die sah, wie sich Anne allmählich zu Tode hungerte?

»Krank? Ich bin krank?«, fragte Anne in ziemlich arrogantem Ton.

»Ja. Ich glaube, dass du Magersucht hast.«

So. Jetzt war es raus. Jetzt konnte Anne damit machen, was sie wollte.

Anne begann laut zu lachen. »Du bist ja völlig überge-
schnappt! Wie kommst du denn darauf? Sehe ich vielleicht
mager aus? Ausgemergelt?«

Amaryllis wollte »Ja« sagen. Sie wollte es ihr ins Gesicht
schreien, wie schrecklich mager sie tatsächlich war. Wie ihr
jeder nachsah, wenn sie auf ihren Spinnenbeinen über den
Schulhof stakste. Wie tief ihre Augen im Gesicht lagen, wie
eingefallen ihr Gesicht war, wie eckig ihre Schultern, die man
unter ihrer doppelten Schicht Kleidung deutlich sah, wie
hässlich ihre Arme waren, wie beängstigend dünn ihre Handgelenke, wie lang ihre Finger wirkten, wie Streichhölzer.

Sie konnte es nicht. Sie konnte dieses arme, hilflose Ding,
das ihr wie ein klägliches Häufchen Haut und Knochen gegenübersaß, nicht anschreien. Vielleicht zersprang es dann?
Vielleicht brach es in tausend Stücke und zerfiel zu Staub?

»Du bist krank, Anne. Wirklich.«

»Gar nicht!«

»Traust du dich dann, das hier aufzuessen?« Sie zog einen
Riegel aus ihrer Tasche und warf ihn ihrer Freundin zu.

Einen Augenblick zögerte Anne. Dann nahm sie ihn und
steckte ihn in ihre Tasche. »Natürlich traue ich mich ihn aufzuessen. Nachher, um vier Uhr.«

Amaryllis schüttelte den Kopf. »Jetzt. Traust du es dich
jetzt? Nein, was?«

»Doch! Aber ich habe jetzt einfach keine Lust darauf. Ich
esse ihn nachher!« Was war denn falsch an einem Vieruhr-
snack? Sie hatte schon Lust auf den Riegel, aber um zwölf
Uhr aß man doch keine Süßigkeiten!

Amaryllis stand auf und zog ihre Jacke an. »Nachher kann
ich es nicht sehen.«

»Na, dann nimm ihn besser zurück, jetzt esse ich ihn sowieso nicht!« Sie warf den Riegel wieder auf den Tisch.

»Nein, behalte ihn ruhig. Wirf ihn von mir aus in den

Mülleimer, denn aufessen wirst du ihn ja sowieso nicht!« Mit diesen Worten ließ sie ihre Freundin zurück. Sie konnte es einfach nicht mehr länger mit ansehen. Sie hatte nur zu gut Annes Augen voller Angst auf den Riegel starren sehen, als handle es sich um den Teufel.

Sie hatte ganz deutlich Annes Magen knurren hören. Nur zu genau hatte sie beobachtet, wie ihre Freundin auf das Essen auf den anderen Tischen blickte, hatte bemerkt, wie ihr das Wasser im Mund zusammenlief, wie sie danach verlangte. Mit einem lauten Knall ließ Amaryllis die Türen der Kantine hinter sich zuschlagen.

Anne seufzte und steckte den Riegel wieder in die Tasche. Der war für nachher, um vier Uhr, genau wie sie gesagt hatte. Sie war doch keine Lügnerin!

Für wen hielt sich Amaryllis eigentlich? Eine Heilige, die einfach zu ihr kommen konnte, um ihr zu sagen, was sie tun sollte? Wenn sie sagte, dass sie den Riegel um vier Uhr aufessen würde, dann war das vier Uhr und nicht zwölf!

Was für eine idiotische Idee, dass sie krank sein sollte! Ihr fehlte nichts! Sie hatte sich noch nie so gut gefühlt! Und weshalb sollte sie sich nicht trauen, Schokolade zu essen? Was war das nun wieder für ein Quatsch?

Sie lief aus der Kantine und sah auf ihre Uhr. Halb eins. Um genau vier Uhr würde sie allen zeigen, dass sie überhaupt nicht krank war, dass sie sich sehr wohl traute, Schokolade zu essen.

Es sollte nie vier Uhr werden. Jedenfalls nicht auf Annes Uhr.

Genau wie alle anderen Male fand sie auch diesmal eine Rechtfertigung, um nicht zu essen.

Sie traute sich wirklich den Riegel aufzuessen und sie hatte auch echt Lust darauf, aber »ihr Magen war ein bisschen durcheinander, sie konnte im Moment keine Schokolade vertragen«. Sie würde ihn für später aufbewahren.

Aber als es dann später war, hatte sie wieder keine Lust darauf.

Und so kam der Moment, um ihn aufzuessen, nie. Aber ihrer Meinung nach war es völliger Blödsinn, dass sie sich nicht traute zu naschen. Es kamen nur immer wieder so blöde Dinge dazwischen.

»Setz dich, Anne«, befahl ihr Vater. Er sah nicht gerade so aus, als hätte er die allerbeste Laune. Ihre Mutter weinte fast.

Was war denn los? Hatte Oma Nel einen Herzinfarkt erlitten? War das Baby von der Treppe gestürzt? Fuhren sie dieses Jahr nicht in Urlaub?

Es seltsames Gefühl beschlich sie, als sie Sofie aus der Küche schickten.

»Heute Mittag ist deine Mutter in deinem Zimmer gewesen ...«

Anne wurde es warm. Schweißtropfen perlten auf ihrer Stirn und ihr Bauch begann zu schmerzen. Sie ahnte schon etwas.

»Wir haben die Tabletten gefunden, Anne.« Ihre Mutter schluchzte auf und eine Träne lief ihr über die Wange.

Anne starrte ins Nichts. Ihre Welt stürzte ein. Alles war verloren. Es war vorbei, ihr Leben war vorbei.

»Was hast du dazu zu sagen?«, fragte ihr Vater streng. Er war so wütend, dass sich seine Augen zu Schlitzen verengt hatten, doch in seinem Blick lag auch Hilflosigkeit.

»Nichts«, schnappte Anne und wandte den Blick ab. Sie brauchte nicht länger freundlich zu sein. Es war doch alles umsonst. Nun konnte sie die Welt verfluchen, es würde sowieso nichts ändern, ob sie nun nett war oder nicht.

Das Spiel war gespielt und sie hatte verloren. Das Böse hatte die Oberhand behalten, ihre Eltern hatten alles entdeckt.

Annes Mutter sah sie weinend an und flüsterte verzweifelt: »Warum bloß, Anne? Warum tust du so etwas?«

Das begreifst du nicht, Mama, dachte sie düster und presste die Lippen aufeinander. Sie würde sich nicht die geringste Mühe geben, eine Erklärung zu liefern. Es würde sowieso nichts nutzen. Niemand konnte jemals begreifen, weshalb sie so gerne schlank sein wollte.

Als keine Antwort kam, fuhr ihre Mutter fort: »Du bist so ein hübsches Mädchen, Schatz. Warum tust du dir das an?«

»Anne, Kind, du bist so klug! In der Schule erzielst du die besten Ergebnisse, immer gute Noten. Du bist intelligent! Wie kannst du dich dann bloß so einnehmen lassen von diesem dummen Getue über das Dünnsein?« Ihr Vater stand auf und ging zur Anrichte. Auf die hölzerne Arbeitsplatte gestützt sah er aus dem Fenster und schüttelte den Kopf.

»Ich weiß nicht mehr, wie wir dir helfen sollen. Du betrügst uns, behauptest, dass du keine Tabletten nimmst, und wenn wir in deinen Nachttisch schauen, finden wir unzählige leere Schachteln, du hältst selbst die Ärztin zum Narren … Wir haben die leeren Wasserflaschen und die Bleigewichte gefunden … Vielleicht sollten wir wirklich zu einem Spezialisten gehen.«

Anne schluckte. Das würde das endgültige Aus bedeuten!

Nein, das durfte nicht geschehen! Sollte es denn keine andere Möglichkeit geben? Wenn sie nun jetzt feierlich versprechen würde, mit dem Abnehmen aufzuhören, würden sie es dann nicht glauben?

Könnte sie nicht auch diesmal die unendliche Güte ihrer Eltern missbrauchen?

»Nein, bitte Papa, keinen Spezialisten.«

Ihre Mutter nickte. »Sollten wir es nicht erst selbst probieren, Karel?«

Er grinste spöttisch.

»Das haben wir bereits probiert und es hat nichts gebracht! Wir können ihr nicht helfen! Sie ist krank!«

»Nein, Papa!« Anne sprang auf und lief zu ihm. Tränen brannten in ihren Augen und ihre Stimme war flehend. »Ich bin nicht krank. Ich werde wieder essen, alles, sogar Schokolade und Eis. Ich verspreche es. Ich will alles tun, aber bitte keinen Spezialisten!«

»Du versprichst es? Können wir dir denn noch glauben nach allem, was du uns vorgelogen hast?« Er wagte es nicht, seine Tochter anzuschauen. Sie durfte nicht sehen, wie schwer es ihm fiel, die Tränen zurückzuhalten.

Anne seufzte und ließ ihre Arme schlaff neben ihrem Körper hängen. Sollte sie es denn so schlichtweg aufgeben? Sich einfach dem Bösen ausliefern und sich von ihnen vollstopfen lassen? Sollte sie alles, was sie bis jetzt erreicht hatte, so ohne Weiteres wegwerfen?

Sie senkte den Kopf und setzte sich wieder an den Tisch. Ihre Mutter knabberte nervös an ihren Nägeln, etwas, was sie noch nie getan hatte.

»Mama, ich schwöre es. Ich werde wieder essen.«

Sie schien von weit weg zu kommen, von irgendwo tief in Gedanken versunken. »Hörst du auf mit den Tabletten?«

Einen Augenblick zögerte Anne. Was war sie doch für ein schlechter Mensch! Ihre Eltern hatten eindeutig Kummer, weil sie sie angelogen hatte, und nun tat sie es wieder! Sie dachten, dass sie nun endlich die Wahrheit sprach, dass ihr Leben nun wieder den normalen Gang nahm und sie mit dem Abnehmen aufhören wollte, und sie würde sie erneut betrügen.

Sie wollte es nicht, aber sie hatte keine Wahl. Es war die andere Anne, die ihr einflüsterte zu lügen. Es war zu ihrem eigenen Besten, sagte sie. Wenn sie sich jetzt nicht durchsetzte, schickten ihre Eltern sie zu einem Arzt und der würde ihren Eltern glauben. Er würde sie heilen!

Erstens war sie nicht krank, oder? Und zweitens, sie musste unbedingt die fünfunddreißig Kilo erreichen!

Nein, dieser Arzt würde ihr Ende bedeuten. In null Komma nichts würde sie auf sechzig Kilo fett gemästet werden und dann hätte sie all die Monate umsonst gelitten. Wollte sie sich selbst so etwas antun?

»Ja, Mama. Ich nehme keine Tabletten mehr. Versprochen.«

»Gut, aber ich nehme dir trotzdem dein Taschengeld weg«, beschloss ihr Vater und trank einen Schluck Wasser aus seinem Glas, als wäre die Sache erledigt.

Anne wollte aufspringen und sagen, dass das ungerecht sei, dass sie ihr Taschengeld behalten wollte. Wie sollte sie sonst an Tabletten kommen?

Aber als sie das ernste Gesicht ihres Vaters sah, wurde ihr klar, dass das ganz dumm gewesen wäre. Er würde sofort wissen, was sie vorhatte.

Nein, sie musste sich etwas anderes ausdenken, um abzunehmen, ohne Tabletten und ohne weniger zu essen. Ging das?

»Anne«, unterbrach ihre Mutter ihre Gedanken, »wir geben dir noch eine Chance. Wenn du zeigst, dass du dich bemühst zu essen, wenn du nicht länger abnimmst und die Finger von den Tabletten lässt, dann ziehen wir keinen Spezialisten hinzu.«

Sie hätte ihren Eltern um den Hals fallen können, so froh war sie. Ihr Leben war gerettet. Schon wieder hatte sie dem Teufel in die Augen geschaut und schon wieder war es ihr gelungen, ihn zu vertreiben. Auch diesmal hatte sie es geschafft, ihre Eltern hinters Licht zu führen. Und es war überhaupt kein Problem gewesen. Aber was jetzt auf sie zukam, würde viel schwieriger sein. Sie könnte tatsächlich noch ein bisschen mit ihrer Diät weitermachen, so heimlich es ging, aber wie?

Als sie an diesem Abend im Bett lag, war sie sehr deprimiert. Sie fühlte sich auch schuldig, weil sie ihre Eltern wieder angelogen hatte, und wenn das jemals herauskäme, würden sie sich noch mehr Sorgen machen. Sie war ein schlechtes, bösartiges Wesen.

Ihre gütigen Eltern hatten ihr ihren vorherigen Betrug vergeben, ihr eine neue Chance geboten und ihr erneut ihr volles Vertrauen geschenkt. Und nun missbrauchte sie wieder dieses Vertrauen.

Sie müssten sie einsperren, fand sie. Sie müssten sie auf einer unbewohnten Insel aussetzen, damit sie nie wieder Menschen wehtun konnte. Alle müssten sie hassen, verabscheuen, verstoßen.

Warum gab es doch so viele Menschen, die sie mochten? Sie war nichts Besonderes, sie war nichts wert, warum mochten sie sie dann?

Und ihre Mutter, weshalb fand diese Frau sie hübsch? Das durfte nicht sein! Sie musste doch noch mehr abnehmen, das musste einfach sein, obwohl sie wusste, wie weh sie ihr damit tat.

Mama, hass mich! Du musst mich hassen! Dann ist es einfacher für mich, abzunehmen! Hass mich, bitte! Ich will nicht, dass du mir noch länger eine Chance gibst, ich verderbe sie ja sowieso. Schenk mir kein Vertrauen, ich lüge ja doch immer wieder. Ich will es nicht tun, aber ich kann nicht anders! Es tut mir leid, Mama, aber ich habe keine Wahl! Hass mich! Ich will nicht, dass du traurig bist, weil ich dich betrüge! Ich will nicht, dass du verletzt wirst, weil du mich liebst. Es tut mir leid, Mama, ich wünschte, ich könnte dir alles erzählen. Ich wünschte, du könntest alles verstehen, aber das geht nicht. Niemals …

»Ich finde, sie bemüht sich sehr.« Annes Mutter strahlte und nickte wohlwollend in Annes Richtung.

Um noch eins draufzulegen, streckte sie ihren Teller aus und bat um einen zusätzlichen Löffel Champignonsoße. »Es ist herrlich! Als könnte ich nicht genug davon kriegen!«

So war es auch. Nach Monaten des Hungerns kannte sie das Gefühl von »genug« nicht mehr. Es war, als könnte ihr Magen nicht mehr voll werden. Nach zwei großen Tellern Fritten mit einem riesigen Beefsteak fühlte sie zwar, dass ihr Bauch total spannte, aber der Drang nach Essen, der Hunger nach mehr verschwand nicht. Es war, als ob sie den Schaden wiedergutmachen wollte nach all den Monaten, in denen sie Hunger gelitten hatte.

»Pass auf, dass du jetzt nicht auf einmal zu viel isst. Dein Magen ist nicht mehr an die Verarbeitung von so großen Nahrungsmengen gewöhnt.« Ihre Mutter sah besorgt zu, wie ihre Tochter noch ein paar Fritten nahm.

»Ach Mama, ich habe Hunger. Sei doch froh!« Lass einen Menschen doch einmal genießen, dachte sie. Es war schon Jahrhunderte her, dass sie mit so einem Appetit gegessen hatte.

Sie konnte sich nicht mehr erinnern, wann sie zuletzt etwas gegessen hatte, ohne daran zu denken, dass sie davon dick würde. Es schien eine Erlösung, zu essen, was sie wollte, ohne sich Sorgen zu machen.

Gestern hatte sie zum ersten Mal wieder drei Stück Apfelkuchen hintereinander essen können. Und heute Morgen hatte sie zum ersten Mal seit Monaten wieder ein Butterbrot mit Schokocreme gegessen!

In den letzten Tagen fühlte sie sich besser als je zuvor. Sie konnte kaum abwarten, bis es Essenszeit war, um von allem zu probieren. Es war, als müsste sie alles aufs Neue entdecken, wie ein Baby, das immerzu neue Dinge kennenlernt. Sie sehnte sich fortwährend nach Kuchen, nach Schokolade, nach allem, was süß war, und wenn sie dann davon aß, genoss sie es in vollen Zügen. Wie schön konnte das Leben doch sein! Endlich konnte sie wieder alles essen und alles genießen.

»Räumst du den Tisch ab, Anne?« Ihr Vater stand auf, um ins Wohnzimmer zu gehen. Sofie war ihm schon entwischt und ihre Mutter wickelte das Baby.

Anne nickte und fischte noch ein paar Champignons aus der Soßenschüssel. »Mama, backst du morgen einen Kuchen? Ich habe solche Lust auf Kuchen!«

Ihre Mutter begann zu strahlen und lachte: »Natürlich, mein Schatz. Oh, ich bin so froh, dass dieses Problem gelöst ist.« Als sie kurz darauf die Küche verlassen hatte, dachte Anne düster: Nichts ist gelöst, Mama. Und es wird auch nie etwas gelöst sein.

Auf Zehenspitzen schlich sie über den Flur und schloss die Tür der Toilette hinter sich ab. Hastig streifte sie ihre Ärmel hoch, stellte das lärmende Heißluftgebläse an und nahm ein großes Stück Toilettenpapier in die Hand.

Sie seufzte einmal tief auf, bevor sie sich über die Toilette beugte und ihre mageren Finger in den Hals schob …

»Wir sind froh, dass du auch mal wieder dabei bist, Anne!« Carmen schlug die Speisekarte zu und winkte dem Kellner.

Anne nickte munter und fühlte sich unendlich glücklich, soweit das überhaupt möglich war, wenn man mit einem so plumpen Körper wie dem ihren durchs Leben gehen musste.

Es war wirklich schon ein paar Monate her, seit sie zum letzten Mal mit ihren Freundinnen ins Restaurant gegangen war, und daher genoss sie es nun doppelt. Allerdings war es blöd, dass sich Amaryllis so jämmerlich benahm. Jetzt, da alle Bemerkungen über ihren gesteigerten Appetit machten, schien Amaryllis neidisch zu sein wegen der Aufmerksamkeit, die nicht ihr galt.

Es war Anne egal. Es würde ihr sowieso nicht mehr gelingen, sie beim Abnehmen einzuholen. Sie schätzte, dass sie nun bestimmt zehn Kilo weniger wog als Amaryllis. Es war eine Tatsache, dass sie noch immer dreimal so dick aussah, aber der Tag würde auch noch kommen, an dem sie die Schlankste wäre.

»Haben die Damen gewählt?«

»Ich nehme die Scampi in Rahmknoblauchsoße, mit extra viel Knoblauch bitte, und eine Portion Fritten. Und eine Cola bitte.«

Der Kellner nickte und ihre Freundinnen starrten sie an. War das die Anne, die sie kannten? War das das Mädchen, das nichts mehr aß oder trank? Es sah so aus, als hätte sich das Diätfieber auf Amaryllis übertragen, denn als sie bestellen sollte, zog sie ein unglückliches Gesicht. »Ich nehme nur den kleinen grünen Salat.«

Als der Kellner weg war, seufzte Anne und ballte die Fäuste unter dem Tisch. Diese blöde Ziege, dachte sie. Warum musste sie jetzt wieder so jämmerlich tun? Sie hatte gar keinen Grund dazu! Musste sie denn wirklich immer alle Aufmerksamkeit auf sich ziehen?

»Geht es dir nicht gut, Lissie?«, fragte Marijke besorgt und strich ihr über die Wange.

Amaryllis zuckte mit den Schultern. »Ich fühle mich nicht gut. Ich bin viel zu dick.«

Anne spürte, dass ihre Wangen glühten, und ihr wurde klar, dass es ihr noch immer sehr viel ausmachte, ob Amaryllis aß oder nicht. Wer weiß, vielleicht war sie ja im Abnehmen besser und es gelang ihr, die zehn Kilo in wenigen Wochen herunterzukriegen!

»Amaryllis, mach dich nicht lächerlich! Du bist nicht dick!« Sie hatte keine Lust, den ganzen Abend ein langes Gesicht anschauen zu müssen, und gönnte ihr die Aufmerksamkeit nicht.

»Ich bin sehr wohl dick! Ich muss dringend auf Diät!«

Anne verbiss sich ihre Wut und sah verärgert zu, wie sich die Aufmerksamkeit, die man ihr geschenkt hatte, schnell Amaryllis zuwandte.

Wie gemein sie doch war! Zu Beginn des Abends war sie noch in ausgezeichneter Stimmung gewesen. Sie hatte sogar mit der neuen Kleidung angegeben, die sie gerade erst gekauft hatte. Aber dann hatten sich alle Augen auf Anne gerichtet und das konnte Amaryllis nicht ertragen. Was war sie doch für eine Komödiantin! Sie konnte es einfach nicht aushalten, dass jemand anderes alle Aufmerksamkeit bekam!

Verdammt, wie sehr hasste sie Amaryllis in diesem Augenblick! Konnte sie denn nie einmal die Besondere sein, die Einzige, mit der sich die anderen beschäftigten?

Als das Essen aufgetragen wurde, weigerte sich Amaryllis, ihren Blattsalat anzurühren. Die anderen versuchten sie voller Mitleid davon zu überzeugen, dass sie absolut nicht auf Diät musste, und das machte Anne rasend. Sahen sie denn nicht, dass Amaryllis ein Spiel spielte? Hatten sie es immer noch nicht begriffen, dass sie nur Aufmerksamkeit wollte?

Das Blut kochte in ihren Adern und sie konnte es nicht länger für sich behalten. Sie warf ihre Serviette hin und schrie: »Wenn du dich weiterhin so erbärmlich benimmst, ziehst du besser Leine! Du verdirbst uns den ganzen Abend!«

Alle starrten sie erschrocken an und Amaryllis wurde erst leichenblass, dann feuerrot. Sie schluckte mühsam und stand auf. »Gut, wenn ihr mich nicht mehr wollt …«

Mit unglücklichem Gesicht verließ sie das Lokal. Anne fühlte sich schrecklich stark, aber die anderen dachten nicht so darüber. »Was hast du denn bloß? Amaryllis ist krank und du schickst sie weg!«

»Ihr fehlt nichts, überhaupt nichts!«, versuchte sich Anne zu verteidigen.

»Meiner Ansicht nach hat sie Magersucht, Anne! Das ist sehr schlimm!«

Anne warf ihr Besteck hin und sprang auf. Die Tränen standen ihr in den Augen und sie merkte, dass ihre Beine nachgaben. Sie wollte den Schmerz hinausschreien. Sie wollte ihnen von dem versengenden Gefühl erzählen, das in ihr brannte. Sie war diejenige mit Magersucht, verdammt! Sie war die Kranke! Sie war das arme Schaf, das erbärmliche Wesen, das an Magersucht litt, nicht Amaryllis! Sie war diejenige, die sich zu Tode hungerte, während es niemand beachtete. Nicht die verdammte, total verwöhnte Amaryllis, sondern sie, sie war dabei, der berüchtigten Essstörung zu erliegen, diesem bekannten Magersuchtzeug! Und es gab niemanden, der es sah! Gab es denn wirklich niemanden, der sich um sie kümmerte? Existierte denn kein einziges Wesen, das sich fragte, weshalb sie nicht aß und wie es ihr gelang, so am Leben zu bleiben? Gab es wirklich niemanden, dem es nicht egal war, ob sie aß oder nicht, ob sie lebte oder nicht?

Die Tränen liefen ihr über die Wangen und ihre Freundinnen warteten darauf, dass sie etwas sagen würde. Aber Anne schwieg.

All die Wut, all der Ärger, all der Kummer saß wie ein großer Brocken fest in ihrer Kehle und weigerte sich hochzukommen.

Sie hätte ihnen zu gerne erzählt, wie viel sie wog. Dass sie mit ihren 1,63 m medizinisch gesehen sehr viel mehr wiegen müsste als die 39,4 Kilo von heute Morgen! Sie wollte es ihnen ins Gesicht schleudern, dass sie sehr krank war und dass sie Hilfe brauchte, dass Amaryllis sie nachäffte, um Aufmerksamkeit zu bekommen, weil sie es nicht ertragen konnte, dass Anne fast so schlank war wie sie! Sie hätte ihnen gerne alles erzählt, aber die Worte blieben ihr im Hals stecken. All ihre Gefühle schienen sich in einer dichten Masse aufzuhäufen und sorgten für ein unangenehmes Gefühl in ihrem Magen.

Sie schob ihren Stuhl zurück und rannte zur Toilette. Dort begann sie fieberhaft alle Nahrung herauszubrechen, als hinge ihr Leben davon ab.

Die Fritten, die gerade noch so gut geschmeckt hatten, die Scampi, die Knoblauchsoße ... die Wut, den Kummer, alles ... Sie musste einfach alles loswerden ...

Auf dem Tisch prangte eine herrliche Waldbeerentorte mit frischen Früchten und regelrechten Sahnetürmchen. Anne war allein zu Hause und tigerte durch die Küche. Sie hatte schreckliche Lust auf ein großes Stück davon, aber die beiden Annes konnten sich nicht einig werden.

Iss doch ein Stück!

Aber davon werde ich dick!

Ach, sei nicht albern. Hinterher kannst du es doch einfach wieder auskotzen!

Stimmt eigentlich. Aber es wird trotzdem immer etwas davon in meinem Magen zurückbleiben. Es ist besser, wenn ich die Finger davon lasse.

Du hast doch so eine Lust darauf! Iss nun endlich ein Stück. Es kommt schon alles wieder raus!

Sie fuhr sich ratlos mit den Fingern durch ihre stumpfen Haare. Was sollte sie tun? Sie hatte schon Lust, aber dann müsste sie sich wieder übergeben. Danach stand ihr überhaupt nicht der Sinn! Es tat so weh im Hals und außerdem bekam sie davon so schrecklich dicke, rote Augen.

Sie schob sich vorsichtig näher und warf einen verlangenden Blick auf die Torte. Warum roch sie auch so herrlich? Sollte sie nicht doch ein ganz kleines Stück ...

Nein, sie sollte die Finger davon lassen!

»Warum nicht?«, rief sie auf einmal und holte ein Messer

aus der Schublade. Sie schnitt ein großes Stück aus der Torte und begann mit geschlossenen Augen zu essen.

Herrlich! Wenn das doch ewig so bleiben würde! Brauchte sie bloß nie zur Toilette zu laufen, um den Fehler, den sie gerade beging, wiedergutzumachen. Könnte sie bloß essen, was sie wollte, ohne dicker zu werden! Ganze Tage lang naschen und trotzdem dünn sein!

Ach, sie durfte nicht so ungeduldig sein. Irgendwann würde die Zeit schon kommen. Sie war fast dünn genug und dann würde sie alles essen können.

Wenn sie fünfunddreißig Kilo wog, würde sie genug Spielraum haben, um mal richtig zu naschen. Wenn sie dann ein oder zwei Kilo zunahm, wäre es keine Katastrophe. Ja, sie musste noch ein bisschen Geduld haben, noch ein wenig die Zähne zusammenbeißen. Bald würde alles vorbei sein.

Sie stopfte sich das letzte Stückchen Torte in den Mund und leckte sich hungrig die Lippen ab. Verlangend starrte sie auf die herrlich riechende Süßigkeit. Sie konnte ruhig noch ein Stück nehmen. Was machte es schon? Sie würde sich sowieso übergeben müssen, dann sollte sie jetzt besser in vollen Zügen genießen!

Sie nahm noch ein zweites Stück. Plötzlich schlug ihr Herz schneller, als habe sie Angst, jemand könnte ihr die Torte vor der Nase wegschnappen. Gierig drückte sie das komplette Stück in den Mund und versuchte zu schlucken, ohne zu kauen.

Sie spürte, wie ihr die Brocken vom Kinn fielen, aber sie machte keine Anstalten, sich zu säubern. Wie ein hungriger Bär griff sie nach dem nächsten Stück und achtete nicht darauf, dass sie es zwischen ihren Fäusten zerquetschte.

Ein Stück nach dem anderen wurde in den Mund gestopft. Anne dachte nicht länger nach. Sie befand sich auf einem anderen Stern.

Sie hörte erst zu essen auf, als ihr Blick zufällig auf ihr Spiegelbild im gläsernen Wandschrank fiel. Ihr stockte der Atem und sie starrte auf das verachtenswerte Wesen. Es dauerte eine Weile, bevor ihr klar war, dass sie das war.

Ihr ganzes Gesicht war verklebt, ihre Hände hielten die zerquetschte Torte hoch und ihre Augen hatten einen wilden und verwirrten Ausdruck.

War sie das? War sie die Bestie, die hier fraß wie ein ausgehungertes Tier, das seine Beute zerriss?

Sie warf einen Blick auf die Kuchenplatte und sah nur noch einen einzigen großen Matsch aus Teig, Früchten und Sahne. Was um Himmels willen tat sie da nur?

Einen Augenblick dachte sie daran, aufzustehen. Dann leckte sie sich die Lippen ab und zuckte mit den Schultern.

»Gedanken auf null stellen, Anne. Nicht daran denken!« Schnell nahm sie noch einen Bissen und kniff ihre Augen fest zu, um das wilde Tier nicht sehen zu müssen, das da fressend am Küchentisch saß.

Als sie die letzten Krümel von der Kuchenplatte geleckt hatte, stand sie auf und hielt den Kopf unter den Wasserhahn. Ungefähr eine Minute lang trank sie so viel Wasser, wie sie konnte. Danach seufzte sie und wischte sich den Mund ab. Der schöne Teil war vorbei. Jetzt begann die schwere Arbeit.

Voller Abscheu rieb sie sich über ihren aufgequollenen Magen. Mit Widerwillen, aber durch ihr eigenes Gewissen verpflichtet, ging sie zur Toilette.

Einen Moment zögerte sie. Eigentlich wollte sie es überhaupt nicht tun. Ach komm, kein Gejammer! Es musste sein, es gab keine andere Wahl.

Die Tränen liefen ihr über die Wangen, während ihre knochige Hand in ihrem Mund verschwand.

Juni

Anne ließ sich auf ihr Bett fallen und stellte ihren Wecker auf halb fünf. So konnte sie exakt drei Stunden schlafen. Eigentlich verrückt, aber sie war zu allem fähig, um die letzten Kilos herunterzukriegen.

Sie hatte irgendwo gelesen, dass der Mensch mehr Energie verbrauchte, wenn er weniger Schlaf bekam. Daher ging sie nun jeden Tag so spät wie möglich ins Bett und stand so früh wie möglich auf. Sie trieb in den letzten Wochen auch mehr Sport als jemals zuvor. Sie hatte noch nie daran gedacht, dass auch das zu einer Diät gehörte.

Jeden Tag stand sie nun in aller Herrgottsfrühe auf und begann mit einer halben Stunde Radfahren auf dem Heimtrainer. Danach machte sie etwa hundert Bauchmuskelübungen und versuchte zwanzig Minuten lang auf der Stelle zu laufen.

Nach diesem Morgenritual war sie offen gestanden schon todmüde, aber das gab ihr nur noch mehr Kraft, weiterzumachen. Den ganzen Tag über wippte sie mit den Beinen, denn selbst das konnte abends vielleicht ein paar hundert Gramm auf der Waage ausmachen.

Vor dem Schlafengehen machte sie noch einmal fünfzig Sit-ups und dreißig Liegestütze. Ihre Eltern wollten, dass sie um zehn Uhr zu Bett ging, aber sie sorgte dafür, dass sie erst gegen halb zwei einschlief. In der ersten Stunde konnte sie sich meistens mühelos wach halten, indem sie an die Schule dachte. Dann ging sie in Gedanken den Unterricht noch einmal durch oder konjugierte französische Verben.

Wenn sie merkte, dass ihre Augenlider schwerer wurden, hörte sie Rockmusik. Gegen zwölf Uhr wurde es ihr häufig zu viel und dann schlüpfte sie so leise wie möglich nach unten. Um diese Zeit schliefen alle und sie konnte unbemerkt die kleine Lampe im Wohnzimmer anknipsen. Dann schaltete sie MTV ein und tanzte so heftig wie möglich bis halb zwei, manchmal sogar noch länger.

Wenn sie dann in ihr Bett kroch, spürte sie ihre Beine nicht mehr. Jeder Muskel schmerzte und ihr Kopf dröhnte vor Müdigkeit. Es war ihr egal. Sie ignorierte alles. Solange sie nur genügend Kalorien verbrauchte.

Anfangs diente diese übermäßige Bewegung nur dazu, Zeit auszufüllen. Aber jetzt fühlte sie sich entsetzlich schlecht, wenn sie an einem Tag mal weniger Übungen gemacht hatte. Es war zu einem Drang geworden und sie konnte es nicht mehr lassen.

Gestern hatte sie zum Beispiel ein kleines Bonbon gegessen und gleich darauf war sie in ihr Zimmer gerannt, um ein paar Übungen zu machen. Sie könnte es nicht ertragen, den aufgenommenen Zucker nicht sofort zu verbrauchen. Dann fühlte sie sich dick und fett und spürte regelrecht, wie sich ihre Oberschenkel ausdehnten.

Manchmal hatte sie überhaupt keine Lust auf all diese Übungen. Manchmal war sie so müde, dass sie am liebsten einfach ins Bett kriechen wollte, aber dann meldete sich ihr Gewissen. Die Folge waren dann die fünfzig Sit-ups und die vier Stunden Wachbleiben.

Genau wie all die anderen Dinge war es ein Teil ihres Lebens geworden. Es gehörte einfach dazu. Irgendwann würde all dieses nervige Getue aufhören, wenn sie ihr Gewicht erreicht hatte. Aber jetzt noch nicht. Sie war noch zu dick. Sie durfte gar nicht daran denken, dass sie für immer und ewig achtunddreißig Kilo wiegen könnte!

»Anne, was machst du da?« Ihre Mutter klopfte an die Toilettentür.

Sie wischte sich schnell den Mund ab und zog ihre Unterhose hinunter. »Ich sitze auf der Toilette, Mama.« Sie würde doch bestimmt nicht …

»Bist du krank?«

Also doch. Sie hatte gehört, wie sie sich übergab. Mist! Sie hüstelte nervös und versuchte zu antworten, ohne dass ihre Stimme allzu sehr bebte: »Ich fühle mich nicht wohl, nein. Aber es geht schon wieder.«

Sie stieß erleichtert die Luft aus ihren Lungen, als sie hörte, dass ihre Mutter wieder ins Wohnzimmer ging. Oje. Wenn das bloß gut ging! Was würde ihr bevorstehen, wenn ihre Eltern dieses schreckliche Geheimnis entdeckten?

Als sie wenig später im Wohnzimmer aufs Sofa plumpste, hing eine unangenehme Spannung in der Luft. Ihre Mutter stopfte Socken, aber ihre Hände zitterten wie Blätter im Wind. Von den glasigen Augen ihres Vaters konnte sie schließen, dass dies die Ruhe vor dem Sturm sein musste.

Sie schluckte unbehaglich und dachte fieberhaft nach. Sie musste etwas finden, womit sie ihre Eltern zufriedenstellen konnte. Ihr Verhalten gefiel ihr gar nicht.

»Darf ich gleich noch ein Eis essen?« Das würde ihre Mutter bestimmt gerne hören.

»Nein, Anne.« Ihr Vater biss sich auf die Lippen.

»Warum nicht?«

»Weil du es ja doch wieder ausspucken wirst.« Er sagte das in kühlem, gefühllosem Ton, als ob er ihr mitteilte, dass auf der anderen Seite der Welt ein Briefträger gestorben sei.

Anne hatte das Gefühl, als würde ihr der Boden unter den Füßen wegsacken. Vor ihren Augen flimmerte es und sie hatte plötzlich ein Übelkeitsgefühl im Magen. Es konnte doch nicht wahr sein! Es war nur ein Traum, ein Albtraum.

»Ich dachte, wir könnten ehrlich zueinander sein«, sagte ihre Mutter. In ihren Augen standen Tränen. Tränen der Wut, des Kummers, aber auch der Ohnmacht. »Schlimm finde ich das! Wir haben dir eine neue Chance gegeben, wir glaubten dir! Nie hast du auch nur einen einzigen Moment daran gedacht, damit aufzuhören, Anne! Das finde ich abscheulich!«

»Das ist nicht wahr …« Ihre Stimme verebbte. Es hatte eigentlich keinen Zweck, dagegen anzukämpfen.

»Lüg nicht länger, verdammt!« Ihr Vater ballte die Fäuste und stampfte mit dem Fuß auf den Boden. »Wir haben dein Tagebuch gefunden! Wir wissen alles, Anne, alles!«

Ihr stockte der Atem.

Wie konnten sie! Wie konnten sie es wagen, in ihren Papieren herumzuschnüffeln! Ihr Tagebuch, ihre tiefsten Gefühle, ihr ganzes »Ich« waren darin beschrieben, verdammt! Und das hatten sie alles gelesen!

Es standen Dinge darin, die niemals ans Tageslicht hätten kommen dürfen, Dinge, die für immer hätten verborgen bleiben müssen! Ihre Eifersucht auf Sofie zum Beispiel!

Wie sollte sie jetzt weitermachen? Sie waren in ihrem tiefsten Inneren gewesen, hatten alles angefasst, alles studiert. Es gab nichts mehr, das ihr selbst gehörte, alles war nun auch ein Teil von ihnen. Sie hatte kein Leben mehr! Sie war vergewaltigt worden, zumindest buchstäblich! Jemand war in ihre Seele eingedrungen und hatte alles berührt.

Hier stand sie, ganz nackt, ohne auch nur das kleinste Geheimnis. Sie wussten jetzt einfach alles! Sie hatten sogar gelesen, wie sie sich manchmal nach Alex sehnte, wie sie über Andreas fantasierte, wie sie sich ihn ohne Kleidung vorstellte, wie sie manchmal davon träumte, mit ihm zu schlafen …

Ekelhaft! Noch nie hatte sie sich so geschämt! Sie wäre am liebsten im Boden versunken!

»Wir wissen, dass du verletzt bist, weil wir dein Tagebuch gelesen haben, aber wir machten uns Sorgen. Ich hoffe, dass du es irgendwann einmal verstehen wirst ... wenn du später selbst Kinder hast, vielleicht ...«

Niemals, wollte sie ihrer Mutter zuschreien. Niemals würde sie es verstehen und niemals würde sie Kinder bekommen. Das ging nicht mehr, sie hatte schon länger als ein halbes Jahr keine Periode mehr. Im Übrigen wollte sie überhaupt nicht schwanger werden und einen dicken Bauch kriegen!

»Anne, du bist jetzt vielleicht wütend. Das verstehe ich. Aber ich hoffe, du kannst uns irgendwann vergeben.«

Niemals! Wie konnten sie das von ihr verlangen? Sie hatten etwas Schreckliches getan!

Eine große, klaffende Wunde lief über ihr ganzes Herz, ihre Seele und es würde Jahre dauern, bevor sie heilen würde, das wusste sie. Für immer würde eine hässliche Narbe zurückbleiben und noch Jahrtausende später würde es unverzeihlich bleiben. Das, was sie getan hatten, konnte sie nicht vergessen und noch viel weniger vergeben.

»Anne, sag doch etwas. Wir wollen dir doch nur helfen. Sag uns, was los ist!«

Seid endlich ruhig! Sie wollten helfen? Sie fett mästen wahrscheinlich! Sie vollstopfen und dick machen, genau wie früher, damit Sofie ihr Augapfel bleiben konnte!

Und warum sollte sie noch einmal sagen, was los war? Sie wussten doch sowieso alles!

»Lest in Zukunft aufmerksamer. In meinem Tagebuch steht doch alles«, erwiderte sie hochmütig.

»Anne, bitte. Sei nicht so. Wir wollen dir wirklich helfen!« Ihre Mutter zerknüllte ein Taschentuch in ihren zitternden Händen.

Anne zuckte lässig mit den Schultern und starrte an ihnen vorbei. Sollten sie doch explodieren! Sie konnten sie mal gernhaben! Von ihr aus durften sie auf der Stelle tot umfallen, aber von jetzt an waren sie ihre größten Feinde!

Ihr Vater räusperte sich und flüsterte: »Morgen fahren wir nach Tienen.«

Ein Schauder lief ihr über den Rücken. »Ach ja? Und was gibt es in Tienen?«

Sie versuchte so arrogant wie möglich zu klingen. Auf diese Weise verbarg sie ihre Ratlosigkeit und Todesangst.

»In Tienen befindet sich eine psychiatrische Klinik …«

Sie ließ ihn nicht ausreden und sprang mit einem Aufschrei hoch. »Ich gehe nicht ins Irrenhaus! Niemals!«

»Es ist kein Irrenhaus, Liebes! Es ist ein Krankenhaus, in dem dich die Ärzte heilen werden!« Ihre Mutter schluckte mühsam und wischte sich eine Träne aus den Augenwinkeln.

»Ich bin nicht krank! Ich gehe nicht!« Die Panik war nun deutlich in ihrer Stimme zu hören, die sich überschlug.

Warum glaubten sie ihr nur nicht? Wenn sie fünfunddreißig Kilo wog, würde sie mit allem aufhören! Ein bisschen Abnehmen war doch kein Verbrechen? Sich selbst dick finden und deshalb abnehmen hieß doch nicht gleich, dass man Magersucht hatte?

»Du wirst sehr wohl gehen. Morgen früh.« Ihr Vater stand auf und ging aus dem Zimmer.

Ihre Mutter sah sie mitleidig an. »Es ist zu deinem Besten, Liebes. Du wiegst kaum noch achtunddreißig Kilo. Du bist ein lebendes Skelett. Ist dir denn nicht klar, dass du dich selbst aushungerst, dass du stirbst, wenn du so weitermachst?«

Sie schüttelte den Kopf. Jetzt drehte ihre Mutter ganz durch! Weil sie ein bisschen abnehmen wollte, würde sie auf einmal sterben! Was war denn das für ein Argument? Alle Schauspielerinnen und alle Fotomodelle waren ständig auf der einen oder anderen idiotischen Diät; starben die etwa auch alle daran?

Und jetzt brachten sie sie in eine Anstalt! Angeblich kein

Irrenhaus, aber es wimmelte da sicher vor Psychiatern! Ein Krankenhaus, in dem man sie heilen würde! Wo man sie fett mästen würde, ja! Sie würden sie einer Gehirnwäsche unterziehen, sie glauben lassen, sie sei mager, dass sie schöner war, als sie sechzig Kilo wog!

Nein, nein! Sie wollte nicht in dieses schreckliche Krankenhaus! Lieber wollte sie sterben!

Was würden sie ihr dort antun? Warum ließen sie sie nicht einfach in Ruhe? Ihr fehlte nichts. Sie hungerte sich aus, weil sie das wollte. Wenn sie sich die Finger in den Hals stecken wollte, dann tat sie das, und sie tat es, weil sie es wollte. Sie durfte doch mit ihrem Körper machen, was sie wollte, verdammt! Wenn sie ihre Nägel wachsen lassen wollte, wer hatte dann das Recht, ihr die Nägel zu schneiden? Wenn sie sich in den Finger schneiden wollte, wer hatte dann das Recht, ihr das Messer wegzunehmen? Wenn sie nicht essen wollte, wer hatte dann das Recht, sie vollzustopfen? Wenn sie abnehmen wollte, wer hatte dann das Recht, sie davon abzuhalten? Wenn sie tot sein wollte, wer hatte dann das Recht, sie zum Leben zu verpflichten? Wer?

»Geh jetzt schlafen, Anne. Morgen müssen wir früh aufstehen, um nach Tienen zu fahren.«

Ich gehe nicht, niemals. Du wirst mich dahin schleifen müssen, schrie es von innen. Sie erhob sich, und ohne ihrer Mutter noch einen Blick zuzuwerfen, lief sie aus dem Raum.

Als sie in ihr Zimmer kam, ließ sie sich auf ihr Bett fallen und begann heftig zu weinen. Der Teufel hatte gewonnen. Sie würde wieder fett werden. In null Komma nichts würde sie wieder zu dem dicken, verachtenswerten Ding von früher werden. Ausgerechnet jetzt, wo sie fast ihr Zielgewicht erreicht hatte! Jetzt, wo sie gerade anfing sich ein bisschen gut zu fühlen!

Sie schüttelte ihr Bett auf und zog sich aus. Als sie gerade ihre Bluse ausgezogen hatte, öffnete ihre Mutter leise die Tür.

In den Händen trug sie die Waage und stellte sie neben Annes Bett.

Dann warf sie einen Blick auf ihre Tochter. Sie blieb geschockt stehen und biss sich auf die Lippen, um nicht zu weinen.

So wie sie da stand, in ihrem schlabberigen Slip, sah sie noch dünner aus, als ihre Mutter jemals gewagt hatte zu denken. War das ihr kleines Mädchen, das hübsche und muntere Mädchen von früher? War dieses Häufchen Knochen ihre Anne? Die dünnen, schlaksigen Arme, die hervorstehenden Beckenknochen, die dünnen Pobacken, unter deren Haut man deutlich die Muskeln erkennen konnte, war das die kleine Tochter, die sie vor siebzehn Jahren unter großem Schmerz und Mühe geboren hatte und für die sie alles hatte opfern wollen? Was hatte sie falsch gemacht? Warum tat sich ihr kleines Mädchen so etwas an?

Sie starrte auf den kindlichen, skelettartigen Körper. Die Brüste waren vollständig verschwunden. Nur noch eine kleine Wölbung auf ihrem ausgemergelten Brustkasten verriet, dass sie einmal ein Mädchen gewesen war. Nun hatte sie den Körper einer Achtjährigen.

»Ach, komm doch mal her.« Sie ging auf ihre Tochter zu.

Anne drehte sich abrupt um und schob sie von sich. »Lass mich in Ruhe.«

»Aber ich will dich umarmen. Bitte, Anne, hass mich nicht. Ich will dir helfen. Ich liebe dich doch so!«

Tränen liefen ihr über die Wangen. Sie kämpfte um die Liebe ihrer Tochter. Sie nahm das eckige Gesichtchen in ihre Hände, aber Anne riss sich los.

»Lass mich in Ruhe. Ich will ins Bett!«

Innerlich fühlte Anne einen heftigen Schmerz brennen.

Sie war schlecht. Warum tat sie das? Sie sah doch, wie viel Schmerz sie ihrer Mutter zufügte!

Es war die andere Anne. Sie sagte, sie müsse böse sein, weil ihre Eltern sie ins Krankenhaus bringen wollten.

»Lässt du zu, dass ich dich liebe?«

Anne zuckte mit den Schultern. Warum tat ihre Mutter jetzt so rührselig? Sie fühlte sich noch nicht schuldig genug!

»Bitte, Anne …«, flehte ihre Mutter, aber Anne stieg ins Bett und wandte ihr den Rücken zu.

Niedergeschlagen verließ ihre Mutter das Zimmer.

Aber auch Anne wurde vor Kummer zerrissen.

»Es tut mir leid, Mami! Ich liebe dich so! Ich wollte dir nicht wehtun! Ich kann einfach nicht damit aufhören!«

Die Fahrt ins Krankenhaus verlief in tödlicher Stille. Annes Mutter weinte leise und schnäuzte sich ab und zu ihre rote Nase. Ihr Vater klopfte unablässig nervös auf das Steuer.

Sofie war zu Hause beim Baby geblieben. Von ihnen hatte sie sich heute Morgen verabschiedet.

Anne starrte niedergeschlagen nach draußen. Sie hatte schreckliche Angst. Was stand ihr bevor? Zehn Butterbrote pro Mahlzeit? Gemeinschaftstoiletten? Monatelanges Einschließen ohne Besuch? Schokolade und andere Süßigkeiten, bis sie ihr zu den Ohren rauskamen?

Ihre Mutter hatte ihr erzählt, dass sie in eine Gruppe komme, in der alle Mädchen ungefähr in ihrem Alter waren, die alle Magersucht hatten.

Höchstwahrscheinlich würde sie die Dickste sein! All die anderen wären bestimmt lebende Skelette, Haut und Knochen, halb tot, kaum zwanzig Kilo! Alle würden sich sicher fragen, was sie dort wollte, als dicke Trine mit fünfzehn Kilo mehr als sie und Beinen, die dreimal so dick waren.

Als sie das große Gebäude betraten, seufzte Anne erleichtert. Keine kahlen, weißen Wände, keine Gitter oder verriegelten Türen.

Es wirkte eher wie ein Altenheim. In der Luft hing kein muffiger Krankenhausgeruch, und die Leute, die hin und her liefen, sahen nicht wie Ärzte oder Schwestern aus.

Ein Mann kam auf sie zu und regelte ein paar verwaltungstechnische Dinge mit ihren Eltern. Dann sagte er, sie sollten sich jetzt besser voneinander verabschieden.

»Eine Woche lang keinen Besuch. Danach jeden Tag, wenn du möchtest.« Er lächelte freundlich, aber Anne warf ihm nur einen mörderischen Blick zu.

Ihre Mutter begann zu weinen und umarmte ihre Tochter fest. Anne zeigte kein einziges Gefühl und ließ ihre Eltern machen. Sie hatten sie hierhergebracht, dann erwarteten sie doch sicherlich nicht, dass sie sie küssen und umarmen würde, als wären sie die besten Freunde?

»Tu dein Bestes, Liebes. Ich rufe bald an. Es wird bestimmt wieder alles gut.« Sie strich über die eingefallene Wange ihrer Tochter.

»Du schaffst das schon. Halte durch, dann wird alles gut gehen.« Ihr Vater streichelte ihr über den Kopf und danach verschwanden sie durch die Glastür.

Anne sah, wie er einen Augenblick ihre Mutter stützen musste. Es ist doch nicht deine Schuld, liebe Mami, dachte sie düster. Sie hatte es sich doch selbst ausgesucht, Hunger zu leiden.

»Komm, Anne, ich bringe dich auf dein Zimmer.« Der Mann griff nach ihrer Reisetasche und ging zum Fahrstuhl. Willenlos folgte sie ihm.

Wo war sie gelandet? Es war bestimmt schlimmer als die Hölle! Niemals würde sie das ihren Eltern vergeben!

Als sie in ihr Zimmer kam, entfuhr ihr ein Seufzer der Erleichterung. Statt der kalten, nüchternen Gefängniszellen, die

175

sie sich vorgestellt hatte, war es ein angenehmes Zimmer mit blauen Vorhängen.

Ihre Zimmergenossin hatte ihre Seite des Zimmers mit etlichen Zeichnungen und Postern dekoriert und auf ihrem Tisch saß ein riesengroßer Teddybär. Auf ihrem Bett lag sogar eine grellbunte Tagesdecke.

Ein dünnes Mädchen kam hinter dem Vorhang beim Waschbecken hervor und lächelte vorsichtig.

»Hallo, ich bin Nathalie.«

Ihre stumpfen, blonden Haare hingen in wirren Zotteln um ihr schmales Gesicht. Sie sah ganz nett aus.

»Anne. Bist du schon lange hier?«

»Zwei Monate. Es ist halb so schlimm.« Sie half Anne mit ihrer Reisetasche.

Gleich nachdem der Mann das Zimmer verlassen hatte, fragte Anne: »Musst du viel essen?« Sie knabberte ängstlich an ihren Nägeln und starrte auf die dünnen Beine des Mädchens. Wenn sie in zwei Monaten auch so mager sein sollte, wäre ja alles in Ordnung.

»Am Anfang kommt es dir schrecklich vor, aber du gewöhnst dich daran. Es lohnt sich. Glaub mir.«

»Was meinst du?«

»Gib zu, dass dein Leben im Moment nicht mehr lebenswert ist. So geht es doch nicht mehr weiter?« Nathalie setzte sich auf ihr Bett und sah ihre neue Zimmergenossin an.

Anne zuckte mit den Schultern. Sie hatte keine Lust auf eine Diskussion, sie wollte lieber ihre Reisetasche auspacken.

Nathalie sah auf die Uhr und sprang auf. »Es ist Essenszeit. Komm.« Sie streckte ihre Hand nach Anne aus.

Anne schüttelte den Kopf. »Ich esse nicht. Ich habe keinen Hunger.«

Nathalie lächelte verständnisvoll. »Die Entschuldigung kenne ich. Die kennen wir alle hier. Jetzt komm schon.«

»Ich kann nicht zum Essen gehen. Ich habe Magersucht!«
Als ob das eine gute Entschuldigung wäre!

Nathalie legte einen Arm um Annes Schultern. »Wir haben hier alle dasselbe durchgemacht, Anne. Wir sind hier, um uns gegenseitig zu helfen. Geh mit, los.«

Anne seufzte und folgte ihrer neuesten Freundin in den Speisesaal. In ihrem Kopf dröhnte eine Stimme: Und trotzdem esse ich nichts.

Sie sah, dass Nathalie an einem Tisch mit schrecklich mageren Menschen Platz nahm. Sie selbst musste sich an den Tisch mit den Neuankömmlingen setzen.

Einer der Pfleger nahm neben ihr Platz. »Du hast auch Essstörungen?«

Sie nickte. Das behaupteten ihre Eltern jedenfalls.

Sie starrte die Magersuchtpatienten an. Sie war ganz eindeutig die Dickste hier. Wenn sie sie so dort sitzen sah, war sie davon überzeugt, dass sie überhaupt nicht krank war!

Auf einmal begann eines der dünnen Mädchen zu schreien. »Ich esse das nicht auf! So viele Kalorien! Die mästen mich noch fett! Ich will es nicht essen!«

Anne schluckte. So war sie doch nicht? Oder doch? Sie sah zu, wie der Pfleger, der ihr gegenübersaß, ein Brot schmierte. Sie hatte Hunger. Warum aß sie nicht?

Ein junges Mädchen setzte sich neben sie. Sie war höchstens dreizehn. Ihr Gesicht war leichenblass und sie erinnerte Anne an eine zum Leben erweckte Tote.

»Tag, Lisbeth. Willst du ein Butterbrot probieren?« Der Mann reichte ihr eine Scheibe Brot, aber sie schüttelte den Kopf.

Anne starrte sie atemlos an. Von ihrem Handrücken aus lief ein dünnes Röhrchen zu einer Art Sack, der mit einer wässrigen Flüssigkeit gefüllt war. Was hatte sie? Es war offensichtlich, dass sie nicht viel mehr als zwanzig Kilo wog, aber weswegen eine Infusion?

177

»Wozu ist das?«

Das Mädchen sah sie mit hohlen, schwarz umrandeten Augen an und lächelte matt.

»Ich war fast tot. Das ist eine Art von Nahrung. Zuckerwasser. Damit ich schön dick werde.«

Annes Hände begannen zu zittern. Jetzt war sie mehr denn je davon überzeugt, dass ihr nichts fehlte. Sie schrie doch nicht herum wegen Kalorien? Sie lief doch nicht halb tot mit Sondennahrung durch die Gegend? Sie gehörte nicht hierher! Alle fragten sich bestimmt schon, was sie, die dicke Trine, hier zwischen all den Magersucht-Skeletten zu suchen hatte.

»Versuch zumindest ein einziges Butterbrot zu essen, Anne«, sagte der Pfleger.

Sie schüttelte fest entschlossen den Kopf. Niemals würde sie hier etwas essen. Sie wollte hier kein Gramm zunehmen. Sie würde keinen Millimeter dicker hier weggehen, als sie heute hereingekommen war. Diese grässlichen Ärzte und Pfleger würden sie nicht fett machen! Niemals! Wenn sie dachten, sie würden sie so leicht kleinkriegen, dann kannten sie sie aber schlecht!

Der Pfleger zuckte mit den Schultern und fuhr fort: »Ich will dir keinen Schrecken einjagen, aber du solltest am besten bei jeder Mahlzeit versuchen, schon etwas zu essen, denn wenn du in der Therapiegruppe bist, bekommst du bestimmte Mengen, die du aufessen musst. Wenn du jetzt schon ein bisschen isst, ist der Schritt weniger groß.«

Anne tat, als würde sie nichts hören, und sah an dem Pfleger vorbei. Ihr Blick schweifte zu dem Tisch ihrer künftigen Therapiegruppe.

Sie sah ungefähr zehn junge Mädchen und drei ältere Frauen. Zu ihrer Verblüffung saß auch ein Junge dabei. Sie versuchte sich seine eingefallenen Wangen und seinen viel zu mageren Oberkörper wegzudenken und kam zu dem Schluss, dass er eigentlich ganz gut aussehen könnte.

Was ging in ihm vor, dass er sich so aushungerte? Was ging im Kopf der anderen vor? Und was sollte sie in Gottes Namen zwischen all diesen Kranken? All diesen klapperdürren Leuten … Bei ihr konnten bestimmt noch zehn Kilo runter, wenn sie all diese Gerippe da sitzen sah. Bei einem Mädchen konnte man die Beckenknochen sogar durch die Jeans hindurch erkennen. Dagegen sah sie wirklich aus wie ein Kalb!

Plötzlich wurde es ihr zu viel. Sie konnte es nicht länger mit ansehen. Alle saßen hier bloß, um zu fressen und dick zu werden. Sie fühlte sich so beklommen. Als kämen die Wände auf sie zu. Wände voller Essen, fettverschmiert. Wände, die nach Beefsteak und Fritten stanken, gefärbt in zuckrigen Tönen. Wände, die sie zerschmettern würden, wenn sie sich nicht bald aus dem Staub machte.

Ein widerliches Bild nahm Besitz von ihren Gedanken. Ein ekelerregendes Spiegelbild. Ihr Spiegelbild.

Die Tränen brannten ihr in den Augen. Hilfe!, schrie es in ihr. Hilfe!

Niemand hörte es.

Sie schob ihren Stuhl zurück und lief aus der Kantine. Sie wollte weg. Einfach irgendwohin, nirgends …

Könnte sie doch nur wegfliegen wie ein Vogel. Könnte sie doch nur alles vergessen, aus dem Fenster springen und sich durch den Himmel tragen lassen …

»Jetzt bist du in der Therapiegruppe, Anne, und musst alles aufessen.«

»Und wenn ich das nicht tue? Ihr werdet mich doch nicht verpetzen, oder?«

»Anne, wir passen doch gerade aufeinander auf und sorgen dafür, dass jeder alles aufisst. Wir helfen einander.«

Anne ließ ein höhnisches Lachen hören. »Helfen? Indem du mir befiehlst zu essen, hilfst du mir?«

»Die meisten, die hier eine Therapie machen, kommen freiwillig. Wir wissen alle, dass unser Drang, abzunehmen und das Essen zu unterdrücken, manchmal stärker ist als wir selbst. Dafür gibt es die Gruppenmitglieder, um dir in solchen Momenten zu helfen.«

»Ich brauche doch nicht auf euch zu hören! Was könnt ihr mir schon tun?«

Nathalie zuckte mit den Schultern. »Dann verlierst du Gewicht.«

Perfekt, dachte Anne.

»Du wirst jeden Tag gewogen, und wenn du abnimmst, wirst du bestraft.«

Anne schluckte. »Bestraft?«

»Ja, dann darfst du keinen Besuch mehr bekommen, du darfst keinen Sport mehr treiben …«

Anne seufzte. Es sah hoffnungslos aus für sie. Sie konnte in keine Richtung entkommen. Diese Widerlinge hatten sie in eine Ecke gedrückt und warteten, bis sie sich ergeben würde.

Sie hatte keine Wahl. In der Woche, die sie bereits hier war, hatte sie jegliche Nahrung verweigert, mit Ausnahme eines Stückchen Butterbrots ab und zu, das dann auf der Toilette sofort wieder ausgespuckt wurde.

Ihr wurde klar, dass es ihr nicht helfen würde, wenn sie sich weiterhin hartnäckig weigerte zu essen. Sie würde abnehmen, das schon, aber auf diese Weise kam sie nie nach Hause.

Nein, sie musste das Spielchen mitspielen. Sie musste sagen, was diese verdammten Ärzte hören wollten, tun, was sie von ihr erwarteten … sie musste sozusagen mitarbeiten. Nur auf diese Weise kam sie hier schnell wieder weg. Das war nun ihr Ziel. So schnell wie möglich nach Hause und dort in aller Ruhe weiter abnehmen.

Vorläufig musste sie also die brave kleine Patientin spielen. Alles aufessen und keine Probleme machen. Hinterher würde sie dann zur Toilette huschen und sich wieder übergeben, denn sie konnte doch nicht riskieren, dass sie zunahm!

Nein, ohne Brechen sah sie wirklich keinen Ausweg. Zwei Mahlzeiten pro Tag mit vier Scheiben Brot, fetter Butter, übermäßigem Belag und einem Stück Obst. Mittagessen mit Suppe, drei großen Kartoffeln, einer Scheibe saftigem Fleisch und einem riesigen Berg Gemüse und als Krönung noch ein zuckersüßes Dessert. Ganz zu schweigen von dem »Spät-am-Abend-Paket« von Viertel nach acht: zwei Scheiben Brot mit Butter und Schokocreme oder Marmelade und dazu noch einen kleinen Nachtisch.

Die Pfleger hatten sie beruhigt und gesagt, sie würde nur in den ersten Tagen viel zunehmen, aber dass es danach viel langsamer gehen würde.

Wie sollte das wohl funktionieren? Wenn sie jeden Tag so viel fressen musste, wog sie schon morgen wieder dreiundsechzig Kilo und übermorgen fünfundneunzig! Sie spürte, dass sie dabei war, zu verlieren. Die Ärzte hatten sie in ihrer Gewalt.

In ein paar Monaten würde sie hier weggehen und vielleicht würde sie wieder lachen, aber sie würde dick weggehen. Und auch wenn es ihr dann nicht mehr bewusst wäre, würde sie schrecklich fett sein.

Sie hatte Angst! Diese Dreckskerle würden sie verändern, Gehirnwäsche betreiben. Sie würden sie glauben machen, sie dürfe ruhig sechzig Kilo wiegen. Sie würde sich nicht mehr bewusst sein, dass sie Hunger leiden musste.

Das musste sein. Sie musste Hunger leiden für die Kilos, die runtermussten, für alle hübschen Kleider, die sie tragen wollte, für alle gut aussehenden Jungs, die auf schlanke Mädchen standen …

Ihr Schädel brummte und sie ließ sich lustlos aufs Bett fallen. Wie sie das hier hasste! Sie stopften sie voll! Und ihre Mutter hatte doch so sehr versprochen, dass sie das nicht täten! Aber sie taten es! Sie wollten sie fett mästen!

Sie fühlte sich so allein. Niemand verstand sie. Niemand schien ihr auch nur ein kleines bisschen zu ähneln.

Katya, eine Vierzehnjährige, hatte ungefähr die gleiche Einstellung dem Essen gegenüber, aber sie wog neunundzwanzig Kilo. Sie war klapperdürr und bei jeder Mahlzeit jammerte sie über Konservierungsmittel und Fette. Katya war ein sehr liebes Mädchen und auf vielen Gebieten verstanden sie sich, aber sie hatte schon seit zwei Jahren keine Schokolade mehr gegessen, sie nahm keine Tabletten und sie erbrach sich nie.

Obwohl Sarah einen etwas schwereren Körperbau hatte, so wie Anne also, war Sarah Bulimiepatientin. Das war ganz und gar nicht dasselbe wie Anorexie. Sie selbst hatte auch manchmal solche Essanfälle, aber hinterher bügelte sie das immer aus, indem sie sich erbrach oder abführte. Sarah behielt all diesen Schmutz einfach bei sich.

Nathalie schien sie erst recht nicht zu verstehen. Sie lag ihr immer damit in den Ohren, wie wichtig es wäre, sich für die Therapie einzusetzen und dass alle dasselbe mitmachten.

Unsinn! Quatsch! Sie gehörte nicht hierher! Sie hatte keine Probleme!

Und hier saß sie zwischen all diesen Gerippen.

Sie wünschte, sie wäre auch so. Sie bewunderte sie. Ein richtiges Skelett, so wäre sie auch gerne, zumindest für eine Zeit lang. Dann hätte sie wenigstens einen Grund, hier in Tienen zu hocken.

Verzweifelt und ratlos ließ sich Anne auf ihr Bett fallen. Wäre sie bloß mausetot! Das Leben hatte keinen Sinn mehr! 53,4 Kilo sollte sie wiegen! Das war doch nicht mehr menschlich!

Sie würde aussehen wie ein Monster! Wer brachte denn schon dreiundfünfzig Kilo auf die Waage?

Wenn sie jetzt schon, bei einem Gewicht von neununddreißig Kilo, so aufgequollen und fett war, wie würde sie dann erst mit diesen bleischweren dreiundfünfzig Kilo aussehen?

Sie schüttelte den Kopf und schlug mit den Fäusten auf ihr Kissen ein. Wie sollte sie es hier noch so lange aushalten?

Gestern hatte man ihr erzählt, die Therapie würde mindestens vier Monate dauern.

Wie konnte sie es so lange verhindern, dick zu werden? Sie aß jetzt schon seit etwas mehr als einer Woche, und obwohl sie so viel wie möglich davon wieder erbrach, nahm sie trotzdem zu. Das kam nur, weil sie sich nach dem Essen nicht immer unbemerkt wegschleichen konnte. Die Gruppenmitglieder behielten sie im Auge und manchmal konnte sie sich erst nach einer Stunde übergeben.

Oh, wie sehr sie sich hasste! Sie hatte inzwischen schon fast zwei Kilo zugenommen! Nicht mehr lange und sie hatte wieder diese ekelhaften vierzig Kilo erreicht!

Nein, das wollte sie nicht erleben! Lieber sprang sie aus dem Fenster!

Was taten sie ihr an? Endlich fand sie, dass ihr Bauch dünn war, endlich war sie mit sich selbst ein klein wenig zufrieden und jetzt stopften sie sie so voll.

Sie wollte ja gerne glauben, dass zunehmen nicht so schlimm war, dass die vierzig Kilo kein Drama waren und dass die dreiundfünfzig nicht das Ende der Welt bedeuteten, aber sie konnte es nicht, sie traute sich nicht.

Sie stand wirklich Todesängste aus, um sich jeden Morgen wieder auf die Waage zu stellen. Und es ging auch nicht nur um die Kilos, sie fühlte sich auch wirklich unwohl mit einem so geschwollenen Magen. Dann fühlte sie sich schmutzig, dreckig, entsetzlich dick und plump und konnte sich nicht entspannen. Sie konnte einfach keine Nahrung mehr in sich ertragen. Sie war allergisch geworden gegen Essen, so schien es. So wollte sie es glauben.

Wenn es bloß jemanden geben würde, der sie verstand. Sie stopften sie hier in aller Seelenruhe voll, ohne daran zu denken, wie viel Schmerzen ihr das bereitete. Sie ließen sie schlichtweg dick werden, ohne sich dafür zu interessieren, wie sehr sie das zur Verzweiflung trieb. Selbst ihre Mutter dachte nicht einmal daran, einen Versuch zu unternehmen, um sie zu verstehen.

Noch vor ein paar Tagen hatte sie sie in ihrer Panik angerufen, gesagt, dass sie es hier in Tienen nicht länger aushalten konnte. Sie hatte ihre Mutter angefleht, sie abzuholen, sie würde zu Hause auch bestimmt wieder essen, sie würde wieder zunehmen, alles war besser, als in Tienen zu bleiben!

Aber ihre Mutter hatte lediglich gesagt, sie müsse durchhalten, dass sie sich schon so sehr angestrengt hatte, dass sie es jetzt nicht aufgeben durfte, jetzt, wo sie gerade ihr Essen unter Kontrolle hatte.

Ha! Wenn die wüssten!

Anne setzte sich auf und starrte an die Wand über ihrem Bett, die voller Postkarten hing. Ständig bekam sie von Lehrern, Klassenkameraden, Freunden und Familie gute Wünsche und Briefe, mit denen sie ihr ihre Unterstützung zeigen wollten. Außer von Amaryllis.

Von ihrer besten Freundin hatte sie nun schon fast seit drei Wochen nichts mehr gehört. Und vielleicht fand sie das sogar noch schlimmer, als essen und zunehmen zu müssen.

Sie fühlte sich von Amaryllis im Stich gelassen. Wie konnte sie ihr jetzt, in einem so schwierigen Moment, den Rücken zukehren? Gerade jetzt, wo sie so viel Unterstützung und so viel Freundschaft brauchte, um durch diese Hölle zu gehen? Gerade jetzt, wo sie Hunderte von Schultern brauchte, um sich an ihnen auszuheulen, Tausende Arme um sich herum.

Und es tat zwar gut, Karten von all den anderen Leuten zu kriegen, zu lesen, wie viel Unterstützung sie ihr anboten, aber dass Amaryllis sie noch kein einziges Mal angerufen hatte, tat ihr wirklich weh.

Noch nie im Leben hatte sie sich so allein und verlassen gefühlt. Amaryllis war bestimmt nicht klar, was sie ihr antat. Niemandem war bewusst, was man ihr antat. Statt sie zu verstehen und zu unterstützen, ihr zu helfen, damit sie erreichte, wonach sie sich sehnte, hatten sie sie ins ferne Tienen gesteckt, wo sie ganz allein war.

Was sollte sie sonst tun als verzweifeln?

Weinen. Sehr viel weinen. Das wäre noch etwas, aber das konnte sie im Moment nicht mehr. Vielleicht war der Schmerz zu groß, um sich in Form von Tränen einen Weg zu bahnen.

Schreien gelang ihr auch nicht. Das verzehrende Feuer in ihr schien ihr zu heiß, um es in Worte zu fassen.

Nein, sie konnte nur noch schweigen. Es schien, als würden ihr Schmerz und Kummer den Mund zuschnüren, die Tränen verdrängen. Es war, als würde ein Stopfen auf ihren Gefühlen sitzen, ein Korken, sodass alles einfach stecken blieb. Es war, als müsste sie sich vor etwas oder jemandem zurückhalten, als wäre es falsch, zu weinen. Es war, als ob sie sich nicht gehen lassen durfte.

Oh, wie lange und dunkel der Tunnel war! Nie würde er enden und es würde niemals hell!

Juli

Anne atmete tief ein und genoss die warme Julisonne. Es wirkte wie im Film. Alles um sie herum schien zu schlafen.

Zwei Schritte entfernt lag der Tennisplatz der Klinik, aber dort spielte niemand. Niemand spielte, niemand sprach, niemand war da. Alles war ruhig. Die Vögel sangen und der kühle Wind fuhr sacht durch Annes stumpfe Haare.

Links von ihr, etwa zehn Meter entfernt, lag eine Frau im Gras. Diese Frau und sie waren im Moment die einzigen beiden lebenden Wesen, die versuchten die Sommersonne zu genießen, während sie zwischen vier imaginären Mauern aus Stacheldraht saßen.

Anne seufzte. Sie wusste nicht, wie es der Frau ging, aber sie selbst konnte es jedenfalls nicht aus vollem Herzen genießen.

Es war inzwischen schon halb zwölf geworden an diesem stillen Samstagmorgen. Heute fanden keine Therapien statt und die meisten Gruppenmitglieder waren schon in einem fortgeschrittenen Stadium ihrer Genesung, sodass sie einen ganzen Tag nach Hause durften. Ihr war nur ein kurzer Besuch von zwei bis fünf zugestanden.

Während sie dort saß und wartete, bekam sie auf einmal Lust auf eine Partie Tennis. Nicht, weil sie diesen Sport gerne trieb, wurde ihr klar, sondern um ein paar Kalorien zu verbrauchen.

Ihr eingebildeter Stacheldraht hatte Form bekommen.

Sie konnte die Wärme der Sonne und den frischen Duft der Blumen nicht genießen, weil sie eingeschlossen war. Und dabei dachte sie nicht an die Zäune, die das Krankenhaus umgaben. Nein, sie meinte die Zäune, den Stacheldraht um ihre Seele. Es war ihr unmöglich, die Welt in vollen Zügen zu genießen, weil ihre Seele eingeschlossen war.

In dem Maße, wie die Tage vergingen, wurden die vier Mauern um ihre Seele dicker, der Stacheldraht schärfer. Und tief in ihrem Inneren wusste sie sehr wohl, dass sie diejenige war, die die Mauern baute, dass sie den Stacheldraht um sich spannte.

Irgendwann einmal würde sie stark genug sein, die Mauern einzureißen, das wusste sie. Aber sie wusste auch, dass sie jetzt weiterbauen musste. Sie musste ihr eigenes Gefängnis errichten, ihre eigene Zelle, während sie bereits darin saß.

Anne warf einen leeren Blick auf ihre Uhr und stand widerwillig auf. Es war Zeit für das Mittagessen. Pfui Teufel! Sie nahm jetzt schon so ungefähr seit drei Wochen an diesen verdammten Therapien teil und fraß sich jeden Tag zu Tode und immer noch behielten sie sie hier.

Ihre Eltern wollten nicht glauben, dass es ihr schon sehr viel besser ging. Die Pfleger sagten zwar, dass sie gute Fortschritte machte, aber ihre Entlassung war noch nicht zur Sprache gekommen. Und das Seltsame war, dass es Momente gab, in denen sie das gar nicht schlimm fand.

Sie verstand sich selbst nicht mehr! Manchmal war sie froh, dass sie essen musste.

Obwohl sie sich immer noch vor ihrem fetten Körper ekelte, war sie dennoch froh, dass sie so viel Butter aufs Brot bekam. Sie fand es fein, dass sie Eis und Pudding zum Nachtisch essen musste.

Deswegen fühlte sie sich dann wiederum enorm schuldig, denn sie sollte all diese Dinge nicht essen dürfen. Sie wusste sehr genau, dass sie Hunger leiden sollte, aber dennoch jubelte sie innerlich, wenn es Essenszeit war.

Nach jeder Mahlzeit begann sie schon bis zur nächsten zu zählen. Schon Tage im Voraus freute sie sich auf ein bestimmtes Gericht. Abends dachte sie schon voll Sehnsucht an das große Frühstück.

Um eins wartete sie schon ungeduldig auf das Abendessen, und noch keine zehn Minuten nachdem sie den Tisch verlassen hatte, fragte sie sich schon wieder neugierig, was sie wohl für leckere Dinge beim Spät-am-Abend-Paket kriegen würde!

War das nicht widerlich? Den ganzen Tag lang dachte sie an Essen und sie war sogar froh, wenn sie Süßigkeiten vorgesetzt bekam, obwohl sie es doch besser wissen müsste. Auf diese Weise würde sie noch vergessen, was es hieß, zu all dieser Nahrung »Nein« zu sagen! Bald würde sie nicht mehr wissen, wie es war, Hunger zu haben. Dann hätte sie vergessen, wie sie hungern sollte! Nur noch kurze Zeit und sie würde es nicht mehr unter Kontrolle haben, sie würde es nicht mehr können, das Abnehmen!

»Wir sind stolz auf dich, Anne. Halt noch ein bisschen durch und alles wird wieder gut.« Ihre Mutter drückte Anne an sich und ging dann mit dem Rest der Familie zurück zum Auto. Die Besuchszeit war schon wieder zu Ende.

Anne biss sich nervös auf die Unterlippe.

Was war sie doch für ein schlechtes Wesen! Und wie sollte es weitergehen? Sie saß jetzt schon länger als einen Monat hier und bislang war es ihr gelungen, den ganzen Laden zu belügen.

Aber es wurde immer schwieriger, nach den Mahlzeiten unbemerkt zur Toilette zu huschen. Sie musste auch in letzter Zeit entsetzlich viel Wasser trinken, bevor sie sich auf die Waage stellte, denn sie sollte mehr als ein halbes Kilo pro Woche zunehmen, sonst wurde sie bestraft!

Es wurde übrigens allmählich auch unerträglich, dass sie nicht ordentlich weitermachen konnte mit dem Abnehmen.

Sie dachte an ihre Eltern und merkte, wie ihr das Herz in die Hose sackte. Sie wusste, wie viel Geld ihre Eltern für ihre Therapie hinlegten, ihr war klar, wie viel Vertrauen sie in diese Behandlung hatten, und sie, sie gab sich immer noch keine Mühe, ihr Problem mit dem Essen zu lösen.

Ihre Mutter war davon überzeugt, dass sie seit ihrer Aufnahme nicht mehr erbrochen hatte, während sie es noch drei-

oder viermal am Tag tat! Ihr wurde ganz schlecht, als sie an ihre Enttäuschung dachte, wenn sie hier rauskommen würde und erneut auf Diät ginge. Das wollte sie ihnen nicht antun! Sie konnte sich genau vorstellen, wie sie sich fühlen würden, und das war schrecklich!

Verdammt! Warum fügte sie den Menschen so viel Schmerzen zu? Warum konnte sie nicht einfach essen und alles auflösen? Warum wollte sie ihre Essstörung gar nicht loswerden? Warum wollte sie immer noch abnehmen? Und warum musste das auf Kosten der Menschen gehen, die sie liebte?

Sie hielt es hier nicht länger aus. Sie führte ein Doppelleben. Das eine, in dem sie alles tat, was sie wollte, in dem sie alles fühlte, wie es wirklich war, in dem sie sagte, was wirklich geschah. Das andere, das alle um sie herum zu sehen bekamen, in dem sie tat, sagte und fühlte, was die anderen wollten, was die anderen erwarteten.

Sie wollten, dass sie sich an Tienen gewöhnte, also tat sie, als wäre alles halb so schlimm, genau wie all die anderen, während ihr Herz hinausschrie: Lasst mich gehen, ich will hier weg! Sie wollten, dass sie sagte, sie würde sich selbst akzeptieren, sie hätte ein Problem und dass sie daran arbeiten würde, während ihr Herz sagte, dass sie viel zu dick war, dass sie keine großen Probleme hatte, dass sie mit dem Abnehmen weitermachen müsse.

Die Psychologen erwarteten, dass sie sich inzwischen ab und zu wohlfühlte, dass sie sich nach dem Essen übervoll fühlte, während sie tief im Herzen todunglücklich war und niemals das Gefühl hatte, satt zu sein, weil sie alles gleich wieder ausbrach.

Sie führte wirklich ein Doppelleben! Und nur sie wusste, dass sie jeden anlog und betrog. Auch sich selbst, das war ihr bewusst.

Jeden Tag verbrachte sie mit dieser aufgesetzten Maske, der

Maske, die die anderen sehen wollten, und wenn sie dann abends allein war, gelang es ihr manchmal nicht mehr, sie abzusetzen.

So wie jetzt. In ihr saß so viel Kummer und Schmerz, sie würde es gerne herausschreien, dass sie ihrer Mutter nicht so wehtun wollte, aber sie konnte es einfach nicht mehr. Sie lachte bloß weiter und blieb das Mädchen, das sie hier in Tienen kannten. Sie konnte nicht weinen, weil sie nicht sie selbst war. Und sie konnte hier nicht sie selbst sein, denn sie erlaubten ihr nicht abzunehmen, und das war es letztendlich, was sie war: ein einziges großes Stück »Abnehmen«.

Sie wollte so gerne endlich mal wieder sie selbst sein, nach sechs Wochen unablässigem Lügen. Sie wollte so gerne wieder einen ganzen Tag lang niedergeschlagen sein, weil sie keinen Ausweg mehr wusste. Aber das war einfach unmöglich.

Wenn sie niedergeschlagen war, würde man sie fragen, warum, und niemand durfte die Wahrheit erfahren. Dann würden sie die Domäne ihres »echten Ichs« betreten und das war für jedermann verboten. Niemand durfte wissen, wie die »echte Anne« beschaffen war.

August

»Wenn ich sage, ich esse nicht mehr, dann esse ich auch nicht mehr!« Sie knallte die Tür zu und lief den Gang hinunter.

Laut schluchzend ging sie in ihr Zimmer. Sie ließ sich zitternd auf ihr Bett fallen. Es hatte angefangen. Das Ende war nah.

Sie hatte schon seit ein paar Tagen gespürt, dass es so kommen würde, ein kleines Beben ihres Bergs vor dem tatsächlichen Vulkanausbruch.

Die zwei Monate ihres Aufenthalts waren wie die Stille vor dem Sturm gewesen. Die ganze Zeit hatte sie ihre Spielchen mitgespielt, aber jetzt war es genug!

In den letzten Tagen hatte es ein großes Erdbeben nach dem anderen gegeben. Da wurde ihr auf einmal klar, dass sich der Boden bald spalten, die kochende Lava hochspritzen und alles verwüsten würde.

Es hatte am vergangenen Dienstag angefangen. Diese verdammte Körperbelebung! Was für eine beschissene Therapie war das nun wieder! Sich mit der ganzen Skelettgruppe im Badeanzug vor einen Spiegel stellen und sich selbst betrachten! Davon wurde sie bloß noch depressiver! Sie war sowieso die Dickste, und je genauer sie die anderen betrachtete, ihre ausgemergelten Rücken, ihre ekelhaft dünnen Spinnenbeine und ihre schlaksigen Arme, desto fetter und breiter wurde sie.

Sie weigerte sich daran teilzunehmen und war dann mit knallenden Türen abgezogen. Das war schon ein Vorzeichen gewesen. Ein erstes Zittern ihres Berges.

Und jetzt war es so weit. Der Vulkan hatte seine Lava ausgespien. Sie war explodiert.

Heute Morgen hatte sie wieder weniger gewogen – zu wenig Wasser getrunken! Jetzt hatte sie die ganze Woche Stubenarrest, und das, während sie für das Wochenende so viel Schönes vorgehabt hatte. Darum war sie geplatzt. Sie hatte keine Lust mehr, weiterzulügen. Sie hatte es satt, noch länger zu schauspielern. Das war die Gelegenheit, alles aufzugeben.

Gleich nach dem Wiegen war sie zur Telefonzelle gerannt, um ihre Mutter anzurufen. Sie hatte ihr erzählt, dass sie schon seit zwei Monaten log und sich erbrach, dass es schon fast nicht mehr menschlich war. Sie hatte ihr auch erzählt, dass sie nicht beabsichtigte, zu essen oder an Therapien teilzunehmen, bis sie sie abholten.

Anne rieb sich die roten Augen. Sie war ein schlechter Mensch. Das Herz tat ihr weh, als sie ihrer Mutter am Telefon erzählte, dass sie schon seit zwei Monaten Komödie spielte, und diese mit resignierender Stimme sagte: »Also sind all die guten Dinge, die ich dir mitbringe, extra für dich … umsonst.«

Sie wollte sie doch nicht so verletzen!

Entschuldigung, Mama! Du darfst es mir nie vergeben! Nie! Dafür bin ich zu schlecht!

Anne schleuderte ihre Schuhe gegen die Wand und verkroch sich in ihrem Bett. Sie dachte an ihre arme Mutter, die verzweifelt versucht hatte sie umzustimmen. Eine Stunde lang hatten sie am Telefon gehangen, aber sie weigerte sich bis zum Schluss, zur Therapie und zu den Mahlzeiten zu gehen. Sie konnte den Kummer ihrer Mutter darüber an ihrer gedämpften Stimme hören.

»Lieber Gott, bring mich doch um!« Sie hämmerte mit ihrer Faust gegen die Wand. Ihre Eltern würden mit dem Professor darüber reden, denn es musste eine Lösung gefunden werden.

Anne seufzte. Sie wusste schon jetzt, dass es keine Lösung gab. Niemals würde sie akzeptieren, dass sie 53,4 Kilo wiegen sollte, während Amaryllis einfach nach Lust und Laune abnehmen durfte!

Es tat ihr nur so leid, dass sie ihrer Familie damit sehr wehtat. Ach, sie sollte besser sterben!

»Ihr solltet mich hassen! Ich verderbe euer ganzes Leben! Jetzt hat Mama auch noch ein Magengeschwür, auch meine Schuld! Ich verderbe euer Leben und ich will verdammt damit nicht aufhören! Was bin ich eigentlich für ein Monster?!«

Sie presste den Kopf in ihr Kissen, als Nathalie ins Zimmer kam.

»Kommst du nicht mit zur Psychotherapie?«

Anne kniff ihre Augen fest zu. »Nein. Ich gehe nie mehr dahin. Und ich esse auch nie mehr!«

»Ach nein. Gib es nicht auf, Anne. So ist das doch kein Leben. Du musst gesund werden.«

Anne schluckte einen dicken Kloß hinunter und schnauzte: »Vielleicht will ich ja überhaupt nicht gesund werden!«

Nathalie verließ daraufhin wortlos das Zimmer.

Wieder begann Anne herzzerreißend zu schluchzen.

In was für einer Hölle war sie da gelandet? Was tat sie sich selbst an? Und den anderen?

»Kommst du zum Essen?« Das war eine der Pflegerinnen, die in ihr Zimmer kam.

»Nein.«

»Wie, nein?«

»Ich habe keinen Hunger.«

»Das ist Unsinn und du weißt das. Ich erwarte dich gleich am Tisch. Darüber diskutiere ich nicht.« Sie schloss die Tür fast mit einem Knall.

Anne warf die Decken von sich und rief: »Ich auch nicht, du blödes Weibsstück, ich auch nicht!«

Sie zog ihre Schuhe an, nahm ihre Telefonkarte aus dem Schränkchen und lief zur Telefonzelle. Sie würde noch einmal versuchen ihre Mutter anzurufen. Noch einmal flehen, nach Hause zu dürfen.

»Bitte, Mama, ich tue alles, was du willst. Ich werde fünfundvierzig Kilo wiegen, das kann ich akzeptieren. Bitte, hol mich ab.«

»Fünfundvierzig ist zu wenig, Anne! Geh zur Therapie!

Und iss bitte! Gib nicht so schnell auf! Du bist stark genug, um das zu überstehen!«

Anne schüttelte den Kopf und verweigerte jede Hilfe.

Plötzlich kam ihr Vater an den Hörer und schrie: »Du machst das Leben meiner Frau kaputt, du machst das Leben meiner anderen Kinder kaputt …«

Da wurde es Anne zu viel. Warum begriffen sie nicht, dass nicht sie es war, die bestimmte, ob sie gesund wurde oder nicht? Sie hatte keine Wahl! Dachte ihr Vater vielleicht, sie hätte es sich selbst ausgesucht, tagelang zu hungern? Dachte er, sie hätte es sich ausgesucht, ihnen so viel Kummer zu machen? Dachte denn nun wirklich jeder, dass sie alles in der Hand hatte, dass sie alles kontrollieren konnte, dass sie einfach beschließen konnte, gesund zu werden und normal zu essen? Sie hatte keine Kontrolle mehr, über nichts.

Sie holte tief Luft und unterbrach ihn: »Dann muss *ich* eben kaputtgehen!«

Sie warf den Hörer nieder und taumelte, so schnell sie konnte, in ihr Zimmer.

Am Waschbecken griff sie nach Nathalies Rasiermesser. Ein kurzer Ruck und das Fleisch an ihrem linken Handgelenk riss auf. Keine Sekunde später tropfte das Blut heraus.

Verzweifelt rutschte Anne in der Zimmerecke auf den Boden. Hier durfte sie sterben …

»Sprich jetzt noch ein bisschen mit Nathalie, in Ordnung?« Die Pflegerin presste den Verband noch einmal fest an und Anne ließ sich nach hinten in die Kissen sacken. Nathalie saß auf dem Bettrand und biss sich bedrückt auf die Lippen.

Als die Pflegerin weg war, sagte sie: »Ist es das alles wert?«

Anne schüttelte den Kopf und brach wieder in Tränen aus. »Ich will wirklich wieder essen. Ich will das Essen echt wieder so genießen können wie früher!«

Nathalie kniff sie in den Arm und lächelte. »Ab morgen fängst du von vorn an. Bei null. Versprochen?«

Anne nickte.

Sie meinte es auch so. Ab morgen würde sie sich nicht mehr übergeben.

Sie würde sich sehr schlecht, eklig und dick fühlen, aber sie war das Brechen wirklich leid.

Irgendwo aus ihrem dunkelsten Inneren kam endlich das Bewusstsein, dass sie eigentlich nicht anders war als die Mädchen aus ihrer Gruppe. Genau wie all die anderen Magersucht-Mädchen hatte sie Angst, dick zu werden. Genau wie sie würde sie lieber sterben, als hundert Gramm zuzunehmen. Vielleicht war sie doch ein bisschen krank. Vielleicht hatte sie doch ein bisschen Magersucht, ein ganz kleines bisschen!

Aber hieß das, dass sie sich auch so aushungerte? Was hatte sie sich doch all die Zeit über selbst angetan? Wie konnte sich jemand selbst so ausmergeln? Hatte sie sich die ganze Zeit ausgemergelt? Sie wollte doch gar nicht sterben!

Sie wollte später eine Familie, sie wollte auf Reisen gehen, sie wollte studieren … Sie wollte noch so viel machen, sie durfte sich doch nicht zu Tode hungern!

Aber musste sie deshalb wieder dick werden? Musste sie dann die 53,4 Kilo akzeptieren? Es schien so unglaublich viel und schwer!

Sie seufzte und dachte an Nathalie. Sie erinnerte sich an die erste Mahlzeit in der Kantine, wie ihre Zimmergenossin mühsam einen Bissen von dem Butterbrot nahm, obwohl sie damals doch auch schon seit zwei Monaten in der Therapie war.

Aber wenn Nathalie das konnte, musste sie das doch auch können. Sie wollte genau wie ihre Zimmergenossin auch wieder essen können.

Ihr war klar, dass es ein sehr langer und mühseliger Weg

war, den sie würde zurücklegen müssen. Aber das Wissen, dass es etliche Gruppenmitglieder gab, die sie besser verstanden als irgendjemand sonst, machte den Gedanken erträglich.

Ab heute würde sie ein neues Leben beginnen, beschloss sie. Ab heute würde sie endlich ihren Kampf mit dem Essen aufgeben. Es würde schwierig werden, das wusste sie. Sie würde wieder dick werden müssen. Diese Vorstellung jagte ihr noch am meisten Angst ein.

Aber wenn sie an Nathalie dachte, an Lisbeth und an alle anderen Mädchen mit derselben Essstörung, dann wusste sie, dass es ihr gelingen würde. Sie würde gesund werden.

Essen durfte nicht länger ein Feind sein. Sie musste aufhören mit diesem ewigen Kampf. Sie war zu müde, um noch länger zu kämpfen. Es wurde Zeit, dass sie wieder so leben konnte wie andere Jugendliche. Sie wollte das Leben wieder genießen können, so wie früher.

Sie hatte es satt, tagein, tagaus Kalorien zu zählen. Sie hasste die ewig dauernden und erschöpfenden Übungen, die sie auch hier in Tienen nicht aufgegeben hatte.

Sie ekelte sich davor, sich immer übergeben zu müssen. Sie wollte einfach leben. Es musste alles aufhören.

Fast zwölf Monate lang hatte sie mit sich selbst im Krieg gelegen. Jetzt war sie erschöpft, sie konnte nicht mehr. Ab heute würde sie alles tun, um ihr Leben wieder wie früher werden zu lassen. Mit Nathalies Hilfe würde ihr das bestimmt gelingen.

Sie hoffte jetzt nur noch, dass ihre Eltern, Sofie, Amaryllis, dass alle ihr irgendwann das Leid, das sie ihnen zugefügt hatte, würden vergeben können.

Sie konnte es fast nicht erwarten, es ihnen zu erzählen. Dass sie ganz neu angefangen hatte. Dass sie die Gelegenheit ergreifen wollte, gesund zu werden, wie schwierig es auch sein würde, durch welche Hölle sie auch gehen müsste.

Sie konnte nichts versprechen. Sie konnte niemandem versichern, dass es ihr gelingen würde, aber sie wollte es versuchen. Sie wollte endlich versuchen gesund zu werden …

Jetzt, da ich mich wieder ohne Abscheu traue
in den Spiegel zu schauen,
nicht mehr zurückweiche
vor Schokolade und Eis,
nicht mehr länger »keinen Hunger« vortäusche
und abschätzig auf meinen Körper weise,
wird mir klar, was ich alles verpasst habe,
indem ich mich die ganze Zeit so krank machte.
Verstrickt in meinem eigenen Netz
verlor ich den Faden des Lebens
und vergaß durch all den Hunger und Schmerz,
ein junges Mädchen, eine Jugendliche zu sein.

Ich will mich vor allem bei meinen Eltern für die unablässige Unterstützung bedanken, die sie mir während meiner Krankheit gewährt haben. Ich finde es bewundernswert, dass sie mich nicht aufgegeben haben nach allem, was ich ihnen angetan habe. Ich möchte ihnen danken, weil sie immer an mich geglaubt haben und auch jetzt noch, wenn ich es manchmal schwer habe, immer hinter mir stehen. Danke, Mama und Papa.

Dank auch an Agnes Verboven, die es ermöglicht hat, meinen Kindertraum zu verwirklichen, indem sie diese Geschichte publizierte.

Jessica Antonis
9. Dezember 1997